The Murder of Lin Weihe

煙硝之始

林維喜兇殺案

演然 著

目錄

一　緣定此生

天是道光十九年五月二十二日。[1]

太陽冉冉升起，海面帆影點點，對岸的青山一片墨綠，潔白的海鷗在海面飛翔。

時入炎夏，南方的天氣格外濕熱。

海風吹來，空氣中彌漫着點許海腥味。

南海上這個美麗而荒涼的小島，面對着浩浩蕩蕩、橫無際涯的太平洋，朝暉夕陰，潮起潮落，已經經歷了不知多少個年代。

開埠前的香港，尖沙嘴又叫「尖沙頭」，這裏是一片荒蕪的海灘，海岸線凹凸不平，一個簡樸的碼頭供漁船或小貨船作停泊之用。岸上的居民叫這

[1] 即公元 1839 年 7 月 6 日。

裏做「香埠頭」，因為這裏是個土沉香集散地。説起香港的土沉香，真的是聞名遐爾，香港土沉，氣韻充足、花香四溢、純淨迷人、悠遠深邃，近如中國內陸與東南亞，遠及阿拉伯地區的商人，無不趨之若鶩，使得「香埠頭」這個運送香料的小港口愈發繁忙起來。每天早上，載滿香木的商船進港又離港。

在離海岸不遠的地方有一條小村莊，由一列棚戶組成，女人坐在屋前洗洗衣服做做飯，看海上的船燈近了又遠了，等自家的男人進港又離港。村內約莫六十戶人家，黃土的牆，灰色的門板，灰色的窗戶，矮矮的屋簷互相對伸着，夾着人行道，成了一條小街。石板面的路，年久失修，顯得有點高低不平。小孩總是忙着追逐嬉戲，嘻嘻哈哈的笑過不停。街頭巷尾，不時還有幾隻土狗搖晃着尾巴走來走去。

村子裏面雖是古老，在村子外看來，還是挺優美的。一叢夾雜着枯條的柳林，伴着幾株長綠樹，下面是一片矮矮的屋脊，遠遠地又護着兩道堤，這就很有詩情畫意了。林家的屋子青磚白牆，算不上是最體面的一家，但也是比上不足，比下有餘了。趙善芳嫁進來才一個月，房間中央吊着一盞雙喜字的大宮燈，門上又貼有粘金瀝粉的雙喜字，牀前掛着百子帳，鋪上放了百子被，到處紅光映輝，喜氣盈盈。

「這沉香塗上之後，四五天不散，香味依舊。」林維喜遞上一個別緻玲瓏的香油壺，臉上綻放着童稚般的笑顏。

善芳接過沉香，打開蓋子，深吸一氣，頓覺芳香撲鼻，沁人心脾。

「果然是上等沉香，不過，就那麼幾天的香味，太短了吧。」善芳撒嬌地說。

維喜瞪一瞪眼睛說道：「善芳，這是奇楠香，除了能釋放芬芳，還能放鬆精神，緩解壓力，是沉香中的珍品，一瓶難求呀，妳還嫌棄？」

善芳眼眸婉轉，嫣然一笑：「我是說你對我的情意呀，也有限期嗎？」

維喜朗笑一聲，情深款款地望着善芳說：「善芳，我們呀，一生一世都要在一起。」

「你教我怎麼相信你？」善芳撅了撅嘴說道。

「要我怎麼做妳才會真的相信我呢？難道要我把心掏出來讓你檢查一遍嗎？」維喜一臉認真地說。

「說這什麼話，心掏出來了你還能活嗎？都在哪兒學來的這些甜言蜜語，什麼年紀了也沒個正經！」善芳直給維喜一個白眼，只是心裏卻是比吃了蜜還甜。

「這些都是我心裏的大實話，只是沒有遇到自己喜歡的人，所以一直憋在心裏都不曾跟人説起，如果妳喜歡，以後我每天都説給妳聽！」維喜仍是那麼一本正經地説，還在善芳的臉上親了一口，惹得善芳滿臉通紅。

「你討厭！每天聽還不得聽膩了！」話未説完，善芳已伸手捂着自己早已紅得不能再紅的臉頰，嬌羞的將頭埋進了衣服裏。

「善芳，望着我。」維喜忽而嚴肅起來，説道：「我林維喜對天發誓，從今以後，如果我膽敢變心，那就天打——」

「好了好了！」善芳連忙捂住他的嘴説道，「我相信你了。」

「我愛妳！」

維喜凝望着善芳的雙眸，語調變得更加堅定。

「從今天開始，我會對妳負責任，請妳放心的

把自己交給我，讓我用餘生好好的疼妳、愛妳、寵妳！我是不會讓任何人欺負妳的！」

善芳的眼眶一下子紅了，嘴唇動了動想說什麼，然後微微側過頭，滾落了兩行熱淚。

「善芳，妳哭什麼呀？今天是我們的大日子呀！哭了就不漂亮了。」

維喜溫柔地拭去善芳的眼淚，輕輕地摟着她的肩膀將她拉近。善芳凝着目光，望進維喜深情的眼眸裏，感動地說：

「我終於有個像樣的家了。」

「是我們的家呀。」維喜把善芳抱得更緊，目光放遠，滿心喜悅地說，「以後，還有我們的孩子，我們的孫子，一代一代的開枝散葉！善芳，我真的很開心，從今天起，我就是天下間最幸福的男人了。」

這種笑容在別的成人臉上是找不到的，維喜的喜怒哀樂，就像這島上的烈日海風一樣，那麼原始，那麼直接，那麼迷人。善芳嘴角微微翹起，露出滿足的笑意，回道：「那我就是天下間最幸福的女人了。」

一雙戀人深情對望，然後維喜從桌子拿起兩隻小杯子，說：「來，善芳，喝下這杯酒，代表我倆恩恩愛愛，長長久久，相濡以沫，海枯石爛，永不分離。」

就這樣，一對新人的臂彎緊緊地扣在一起，手裏舉着酒杯，才齊齊仰頭，便將那一小杯合巹酒喝進嘴裏。從側面看，維喜寬闊的額頭、高挺的鼻樑、清晰的唇線、略微翹起的下頜，構成了一筆堅毅的線條。善芳第一眼看見維喜，就是這個側臉讓她芳心暗許，起初相戀時，也時常有意讓維喜側過臉去，久久地欣賞着。還有維喜脖子左側上的一道暗紅色的胎記，活像一顆逗人的小紅心，善芳每每依偎在維喜身邊，總得要伸手去輕撫這片紅心。

現在，這個側臉掩映在暗淡的紅光裏，渺如夢幻，喝進善芳口中的，不單是酒的香醇和甘甜，還有緣分給她安排的甜蜜與幸福的滋味。

二　不速之客

「嫂子早！」

門外突然一聲喊叫。

善芳晃了晃頭，思緒被拉了回來。

灶裏的柴火燒得十分熾旺。

「維歡，妳來了。」善芳一見維歡，心裏就歡喜。維歡是維喜的妹妹，芳齡十七，比善芳才小兩歲，但是相比起身材纖弱嬌小的善芳來說，維歡便顯得有點高大結實了，不過，因為兩人年紀相若，使得她們一見如故，份外投緣。

「大姑媽來看妳了！」維歡一進門就高聲喊道。

廚房裏被紅紅的灶火映出一片暖意，跳動的火光映在兩人的臉上。

「大姑媽？」

善芳好奇地問道，並陸續把一些紅薯放進火灶裏。

維歡接着說：「她這個人來無風去無影，說來就來、說走就走，大概是因為來不及喝妳的喜酒，今天專程來看妳咯。」

「啊！」善芳彷彿記起一些事情，便說，「維喜提起過她，說她是林家最能話事的人。」

「我說她是個好管閒事的傢伙才是。」維歡連忙應道。

「妳怎麼能講長輩的壞話呢？」善芳一邊回道，一邊又往灶裏添柴火。

「我是實話實說。妳知道嗎，阿爸說大姑媽把他和幾個姑姑帶大，身兼父母兩職，所以經常以林家的『掌門人』身分自居，什麼事情都要過問，都要指點。」

善芳眉頭輕蹙了一下，笑說道：「那麼她該能

把兒女管教得很好嘍。」

「哪有！是個老姑娘，孤家寡人，老是埋怨自己怎樣為了一個家把自己的青春和幸福都給犧牲了！我說呀，這些都不過是藉口，以她那種小心眼，哪有男人會喜歡她呢？」

善芳把一捆木柴抱到爐火旁，又說：「長姐為母，她肯定也熬過不少艱難的日子吧。」

「善芳姐，妳怎麼老是替人家說好話的呢？等會兒妳見到她，客客氣氣就是了，她最喜歡套人話，她的嘴就像個喇叭一樣巴巴地四處傳播。對付她的最好辦法就是守口如瓶，或者說一些善意的謊言，搪塞過去，讓她去打聽別的事兒，否則妳就麻煩了。」

「管她是好人是壞人，反正我不得罪人，別人也不會計算我的。」

「妳快別這麼想。大姑媽這個人，連我爸都在背後講她呢。」

「是嗎？」善芳怔了一怔。

「她不是壞人，卻是個麻煩人，阿爸說她是一塊墜落湖面的隕石，捲起的不是浪花，而是狂風巨

浪！」

善芳奇怪地問道：「為什麼？」

「哎呀，家家有本難念的經，以後慢慢跟妳說。來，跟我來！讓她見識一下我們村裏最漂亮的女人！」

維歡已一手把善芳拉出灶房了。

「等一下。」善芳按住了維歡，說：「我的紅薯要烤焦了。」便轉過身去，拿起夾子從火灶裏挑出幾個外皮已經燒黑的紅薯，逐一放進筲箕中。

維歡已聞到灶裏隨着蒸氣彌漫出的紅薯香味。

「好香啊！嫂子，給我一個。」

善芳挑了一個大的便拋了過去。維歡一手接住，厲聲一叫：「哇哦！」

「小心燙手啊！」善芳呼喊過來。

「走吧！」維歡口裏催促，手中把紅薯拋弄幾下，讓它冷卻，然後放進口袋裏去。善芳抬手抹了額頭的汗水，稍微整理一下衣裳，便跟上去了。

三 感恩的鳥

兩人走出室外，晨早的空氣格外清新，柔和的陽光均勻地灑在地上。淡藍色的天空潔淨得沒有一絲雜質，淡淡的顏色一直延伸，蔓延了整個穹蒼。

「哥哥很早就出去了？」維歡邊走邊問。

「是呀，他在瀝源[2]訂了一批香木，趕着出海去。」善芳回答道。

維歡笑了笑說：「妳知道嗎嫂子，哥哥每天出去比人家早，就是要多賺點錢讓妳有好日子過。」

想起維喜，善芳的臉上便又露出幸福的笑容，明亮的眸子散發着光芒。在別人的眼中，她的微笑總是那麼溫柔，那麼甜蜜。這時，維歡指着善芳，

[2] 瀝源：今沙田，早期香港盛產莞香之地。

清麗的眼眸裏忽然閃過一絲狡黠，斜睨着她笑道：

「就是妳這個迷惑眾生的笑容，如果我是男人，我能不動心嗎？」

「妳別取笑我了。」善芳用手肘輕輕地捅了維歡一下，不甘示弱地回說道，「妳又怎樣？妳的亞三哥呢？你們怎樣了？」

「別亂講！」維歡馬上瞪起眼睛説道，「我和他可一點關係都沒有！」

「真的嗎？你們不是到了談婚論嫁的地步了嗎？人家都在説了。」善芳連忙又問。

「呸！」維歡喝道，「那是他在胡扯，散播謠言！」

「難道傳言都是假的嗎？」

「當然是假的啦。」

「還是維歡另外有心上人了？」

「沒有。」維歡連忙反駁説，「這個人就是討厭！總之別再講他了！」

兩人繞過一叢芭蕉樹，便見幾個村童在屋前的空地上踢毽子，村童個個精靈活潑，像山猴般靈巧，這邊一個用腳內側連踢幾下，便向外大力一踢，毽子就飛到半空中去了，那邊一個跑了兩步就飛身踢腿，把毽子踢得更高更遠。

善芳一看大驚，連忙趨前喊道：「哎喲！你們別踢到我的花呀！」

一個村童隨即問道：「哪裏有花呀？」

善芳指向芭蕉樹叢旁邊的一小片荒地説：「你們看，發芽了！」

眾童趨前一看，果然發現泥土裏鑽出了嫩綠的幼芽，一根又一根，尖尖的向上挺着，充滿朝氣。

「啊？還有連我都不知道的秘密呢！」維歡用低沉的聲音説道，「原來嫂子妳在這兒偷偷地開墾了幾塊荒地，種上了鮮花。」

善芳微笑地回應：「那是我家鄉的種子，我一直帶着，就是要給它們找一個落地生根的地方。」

「這是什麼花呀？」村童又問。

「你們等着瞧吧。」善芳蹲下來，與孩童平視，

然後説：「你們要記住，千萬別踐踏它們，嗄？我們一起等花開的日子吧！」

「那要等多久呢？」另一個村童問道。

「栽種要有耐心，心裏要有希望，嗯？」善芳微笑回道。

這時，天空突然傳來「啞啞」的叫聲。

一個村童指向不遠處的一棵大樟樹説：「姐姐，妳救的那隻大鳥又飛回來了。」

維歡好奇地追問：「什麼大鳥呀？」

村童回答道：「前幾天受傷摔下來的大鳥，姐姐把牠救起，給牠照顧，給牠東西吃，不出幾天牠就好了，飛走了。之後每個早上總會飛回來，見了善芳姐姐就在樹上咿咿啊啊的叫。」

維歡循村童指頭的方向望過去，果然在大樹的枝葉間發現一隻亮白的大鳥，高傲地站着，不時張口呱呱大叫。

善芳接着説道：「我從未見過這種鳥，紅色的眼瞼，金黃色的鳳冠，全身一片白。那天我是經過這裏，聽到樹椿裏發出一陣『噗噗』聲，蹲下身子，

就發現牠受傷了，眼裏還流着淚，朝我不停哀鳴。」

一個村童搶過來説道：「姐姐弄了一碗米湯來，用筷子沾上一點，一滴一滴的往大鳥的嘴裏送，開始的時候大鳥還不肯吃，可沒想到，沒多久牠竟然主動伸脖子過去，乖乖的把米湯都嚥下了。」

「是姐姐把鳥救活的！」一個村童喊道。

「是牠自己沒有放棄吧。」善芳微笑着，又指指村童説道，「你們每天都有幫忙給大鳥吃的，大家都有功勞啊，所以才沒幾天牠就恢復過來，活蹦亂跳的，還會叫！」

「哈哈！」維歡聽着，笑了幾聲説道：「這大鳥真有靈性，牠是報恩來的。是一隻報恩的鳥！」

「報恩的鳥?! 哈哈！哈哈！」村童指着樹上的大鳥，哈哈大笑起來。

四　一家之主

「什麼？是個孤兒呀？」

大廳內傳出一把陌生的聲音。

大姑媽瞪眼戚眉，提高了嗓子一再問道：「那維喜怎麼會看上她的呢？」

奶奶嘆了一聲說：「她的命不好，小時候她的爹抽大煙死了，家道落了，她的娘也病死了。」

大姑媽呷了一口茶，掏一把花生米往嘴裏一塞，又問：「不是這村子裏的人嗎？」

「住聖山[3]那邊的，聽說還是趙宋遺孤後人，二十幾代下來，在這兒安家落戶了。」奶奶答道。

[3] 聖山：馬頭涌海邊的一座小山，刻有「宋王臺」三個大字，相傳是宋朝末代皇帝趙昰和趙昺被元軍追逼南逃流亡於此之地。

「那她怎麼搭上維喜的呢？」大姑媽再三追問。

「她來這兒擺攤子，兩個人就遇上了。」奶奶回答道，「維喜對她一見難忘，朝思暮想，唉，這個傻仔，老是說這叫命中注定，千里姻緣一線牽。」

大姑媽呵呵笑了幾聲回應道：「命中注定？你們倆為人父母就沒有去關心一下，處理一下？呃？」便把視線轉到老爺身上。

老爺這下子不得不回話了，他開口便說：「大姐，我們之前給維喜安排好多次相親了，這個妳也知道的，他就是看不上眼，憑你怎麼說，他就是不答應你，你又奈他何？」

「二弟，」大姑媽一副責備的語氣說道，「維喜從小就給你們兩個慣成什麼樣了，他又怎麼會聽你們的呢？嗄？孩子小時候不好好管教，長大了有毛有翼、自把自為，管不住了！這都是你們一手造成的，是吧？」

老爺輕輕嘆了一聲，說道：「大姐，我倆老來得子，就這麼一個兒子，現在總算成家了，我們也了卻了一樁心事，那就算了。」

「婚姻嘛，一定要門當戶對，維喜條件不差，哪怕娶不到媳婦？怎麼會『千揀萬揀，揀着個爛燈

膽』，挑了個孤兒回來我們林家呢？」

「大姐，都成親了，就別提了。」老爺板直臉孔説道。

「我不是要干涉你們的事情，但是門不當、戶不對，老祖宗總結下來的經驗，有時候總得要聽的。」

大姑媽搖了搖頭，把目光移開，想了想又説：

「生辰八字配不配呀？有對過了嗎？婚姻是頭等大事，可不是鬧着玩的呀！」

「這個——」老爺囁嚅地説了一聲，奶奶便接上去説，「養兒一百歲，長憂九十九，這個我們知道、知道。大姐，我們就是拿他沒法子。維喜已經長大了，有他的想法、有他的觀點，只要他肯安定下來，生生性性，幫老頭子繼承家業，我們就沒要求了。現在總算娶了一房媳婦，以後再給他們小夫妻帶兩三年孩子，我們老兩口這輩子的任務也就完成了。」

老爺接了老妻的話念叨：「生兒育女，辛苦把孩子拉扯大，現在給維喜娶了媳婦，還留下這一攤家業，如今我們就是閉了眼，也對得起祖宗對得住子孫輩了。況且維喜年紀也不小了，也算本事，把

一整頭家都撐起來了，再不討個媳婦回來，恐怕要做光棍咯。」

大姑媽搖了搖頭，沒好氣地説道：

「好啦，我這老婆娘講什麼都沒意思了，總算你們有福氣，有個孝順兒子送你們的終。像我無兒無女，日後還不知道死在什麼街頭巷尾呢。」

「大姐——」

「好啦好啦，你們就好好享清福，等着抱孫子吧。」大姑媽輕哼一聲，翻了一個白眼。

這時，維歡帶着善芳從大門進來了。

維歡一進屋就高聲喊道：「阿爸！阿媽！大姑媽！」

奶奶一見善芳就説：「善芳，快來叫大姑媽。」

善芳垂下頭，小心翼翼地上前，柔聲細氣地説：「善芳給大姑媽請安。」

眼前的大姑媽是個圓墩墩的女人，善芳對她做了一個揖。大姑媽朝善芳上下打量，目光如炬，直勾勾地盯着她，臉上的神情深不可測，讓善芳不敢

直視。打量了半晌，才瞇起眼睛，似笑非笑道：

「好標緻，好體面，只是長得太好了些，只怕——」

維歡眉頭微微一蹙，搶過來便說：「大姑媽，您要來挑唆嗎？」

「維歡！」老爺瞪着女兒大喊道，「大人說話別插嘴！」

「呃——」維歡撅起嘴巴嘟囔着，偏過頭在善芳的耳根道，「她就是這樣，嘴巴刻薄，仗着是林家的長輩，倚老賣老。自己醜就不顧人家長得好，難道想要把人家擠走？」

大姑媽收起了微笑，兩片薄薄的嘴唇抿成一條平直的線，又說：「做人媳婦最要緊的是什麼？賢良淑德，三從四德，二弟二嫂，對吧？」

老爺笑而不語，奶奶忙不迭點頭附和。

善芳一聲不吭，偏了偏頭，靜靜地站着。只是維歡還是看不過眼，連忙又搶過來說：「嫂子會挑水洗衣砍柴做飯，不知多能幹！」

「這不是應份的事嗎？」

大姑媽想也不想就搭話了。

維歡噎的說不出話。這時，善芳微微仰頭，微笑道：

「大姑媽講的也有道理。人家説家有一老如有一寶，善芳不懂人情世故，以後還要向大姑媽您多多請教。」

大姑媽不以為意，緩緩地呷了一口茶，説：

「不敢當。不過你肯聽，我就説。女孩子家，要珠圓玉潤才好看，才好生養，看看你瘦得跟紙片人似的，多難看。」然後轉向奶奶道，「二嫂，妳得要把妳的媳婦養得一個肥肥白白，好為林家多生幾個子嗣啊。」

「當然當然。」奶奶擠出笑容應道。

善芳想微笑一下，可是嘴角卻貼上膏貼一般，繃得扯不開，只是靜靜地站着。維歡眼眸一轉，拿出口袋裏的紅薯，剝開焦黑的外皮，露出裏面還是熱騰騰散着香味兒的金黃色的嫩肉。

「聞着就饞人！直流口水啊！」維歡説道，「大姑媽，要不要吃一口！嫂子一早起來給我們煨的。」

怎料大姑媽卻臉色一沉。

「唉，那時候我們家窮啊，」只聽到她長長的嘆了一聲，便說，「我連給他們煎幾個糍粑的米粉都碾不出，只好煮一大鍋紅薯芋頭給他們帶上做一整日的乾糧。後來你老爸跟我說，他聞着紅薯的味都不是甜的了，都跟屎粑粑一樣讓他想吐了。」

老爺不好意思，啐了大姑媽一口：「說這些陳年舊事幹什麼！」

大姑媽還是念念叨叨的說下去：「家裏情況略好一點後你老爸就死活不肯再吃紅薯芋頭了，也就是這兩年，他才肯再嘗上兩口吧。」

老爺吁了一口氣，感慨道：「我們算好的了，臨老還有條件挑三揀四，多少人活了一輩子，連肉腥兒都沾不上幾回。」

「都不是因為維喜本事吧。」奶奶滿懷安慰地說，「以前日子苦的時候，覺得一輩子真長啊，怎麼都望不到頭。如今臨老，回過頭發現一輩子真短啊。幸虧我們把該幹的都幹得差不多了。」然後轉向善芳續說道，「善芳，妳跟維喜得趕緊嘍，盡早生個孩子。維喜這人啊，一開始都缺了個角，非得成家生了孩子，那個角才能補上。人吃苦為了什麼呢？不就為了家人孩子。有了孩子，吃的苦受的累

才值得。」

善芳靜靜聽着幾個老人感慨流年光景，她真沒有想到，一開口就碰了這麼一個釘子。再一想，畢竟自己是個沒有經驗的人，大概大姑媽嫌她鋒芒太露了，故意當着人前挫折她一下，好在這個家鞏固自己的威信。她這樣想着，心裏雖然仍舊有些不平，也就忍耐下去了，臉上也是含着微笑。

維歡沒想到給大姑媽潑了一身狗血，心有不甘，一再挺身為善芳辯護道：「嫂子那道拿手的燜紅燒肉，大姑媽，改天，你來家，善芳姐給你做紅燒肉，上等的五花肉，小火慢燉，保證吃得你忘了北在哪兒！」

「什麼改天呢？」奶奶搶過來便說，「今天就是了，好久沒跟大姐一起吃飯了！」然後向善芳使了一個眼色。

善芳瞬間意會過來，應道：「就這樣吧，今天大姑媽留下來吃飯，我馬上去買菜回來。」

五　岸上風情

踏入夏季，海風漸大，一個巨大的浪頭湧來，幾個孩子嘻嘻哈哈地打着水仗。沿岸停泊着漁家的帆船，大風颳得船帆「蓬蓬」的叫。

維喜催趕着苦力把一批香木運載上船。那是一條俗稱「金星艇」的小艇，用竹和帆布搭成蓬頂，可以載重三四十噸。昔日的船艇沒有起吊功能，所有貨物只能靠人力搬運上船。船上有四枝櫓，沒有風時靠人力划槳，有風時則靠桅杆上的風帆航行。

船家劉亞三粗聲呵斥着，苦力光膀赤膊，把砍來的香木肩扛上船，好不辛苦。亞三是個二十出頭的精瘦小子，濃眉大眼，嘴唇略厚，皮膚偏黑，個子比維喜高上幾公分左右，在男人裏不算矮，也不算高。跟其他漁民一樣，因為從事劇烈的體力勞

動，骨骼看起來很壯實，但也衰老得早。他的老祖宗是蜑民，不過在雍正年間已上岸定居，他的祖父曾擁有大風帆船，往來於省港澳，以運貨為生，他繼承祖業，依然風裏來浪裏去，但因為已上岸定居，再也跑不了遠途，只能做點駁運生意，從沿岸的小碼頭把香木或米糧雜貨等貨物駁運到深水港，再安排上大船，賺點微薄的運費。

天熱，亞三把辮子盤在頭頂上，短衫一路敞開到底，兩臂上隆起的肌肉，帶着汗水，在陽光下發光。他好不容易把最後一批香木扛了上船，便靠在碼頭的欄杆上歇息歇息，拿起插在褲頭上的一把芭蕉扇，在胸前一下一下的扇着。

海浪拍打着沙灘，遠方不時傳來海鷗的叫聲，遠處的白霧中，幾條巨大的船影悄然撕裂了迷霧急速逼近。

「哇哦，好大陣仗啊！這是什麼來着？阿喜哥，你看！你看！」亞三大聲喊道。

維喜循着亞三所指的方向望過去，果然見到五六艘巨大的商船正向海岸駛來。在十八世紀，往返英國倫敦與中國廣東之間的一萬九千公里航程，可是一件異常艱難的任務。這樣的航程只有當船隻載滿大量的貨物時才有利可圖。英國人設計了這種東方大商船，輕則八百多噸重，重則可達一千四百

多噸，可説是當時海上的巨無霸。大商船龐大的船體都設計在水線以下，一小部分甲板、桅帆等浮出水面，寬闊彎曲的船體深達三四米，有足夠的空間塞進大批的茶葉、絲綢、瓷器等貨物。船上有三根高聳堅固的桅杆，層層疊疊的掛帆，可以輕鬆的推動船隻在海洋上作長途航行。這樣一艘巨大的商船，猶如一個漂浮的貨棧，也是一座堅固的堡壘。船身那些華美的裝飾、精緻的雕刻下面，卻是安排周密的武裝設備，當中更有大炮，一旦發生海戰，也會有足夠的彈藥投入戰鬥。

「今天是什麼大日子？前後來了七八艘了。」亞三指着那些巨大的商船詫異地問道。

「你不知道嗎？這些洋鬼子都是在廣州給趕出來的！」維喜回答道。

亞三一聽，心裏更覺奇怪。

「給趕出來的?! 你説什麼呀，阿喜哥？誰把他們趕出來的呀？」

「你沒有聽見到嗎？道光皇帝派了個欽差大臣去廣州實行禁煙政策，最後把所有走私鴉片的洋鬼子都給趕出去了。」維喜解釋道。

亞三隨即瞪大眼睛問道：「不會吧？誰有這麼

大的本事，竟然不買洋鬼子的帳？」

「跟我同姓的！」

「姓林？」

「嗯！」維喜大力點頭說道，「欽差大臣林則徐。你說本事不本事？」

「林則徐？」亞三抓抓頭又問。

「不說你不知，這個林則徐有多厲害。他一到廣東就大施雷霆萬鈞之法，把那些煙商殺個片甲不留！這邊抓了幾百個違反禁令的人，那邊審判了一大撮腐敗的官吏！最狠的一招還是——」

「什麼？」亞三豎起耳朵聽着。

「他把所有的鴉片都給統統沒收，全部銷毀了！」

「統統沒收、全部銷毀了?!」

「嗯。」維喜點頭道，「總共有兩萬多箱，兩百多萬公斤啊！」

亞三擺出一副難以置信的表情：「沒可能吧！

兩百多萬公斤的鴉片要銷多久呢？」

「差不多一個月呀。」

「我不相信，誰都知道禁煙難，禁了這麼多年都沒能禁止，官府一直對洋人都是眼開眼閉的，那個林大人三頭六臂，能人所不能的嗎？」亞三搖搖頭，想了想又道，「況且，我不交出來你又奈我如何？洋鬼子一定要聽他的嗎？」

「哈！」維喜接着説，「這是大清皇帝的命令，聖旨呀，誰敢違抗！這個林大人可又是個錚錚鐵骨硬漢子，做事大刀闊斧，毫不手軟。眾目睽睽，當場就把違規違法的人給處決了！殺一儆百，弄得廣州城人心惶惶。洋鬼子見到有人頭落地，還會不怕死的嗎？」

亞三頓了一下，又説：「就算這是真的，也不會把兩萬多箱、兩百多萬公斤的鴉片煙給白白的銷了吧?! 你算一下那裏有多少錢？值多少錢？那些洋鬼子會甘心的雙手奉上嗎？」

維喜立刻指着亞三罵道：「瘋了你？你不知道那些是害人的東西嗎？人家拿鴉片當藥賣，難道你就拿它當飯吃麼？」説着便伸手去打亞三，亞三喊痛：「唷，別打我！你看你看，誰來了？看！」

亞三指向一個方向，原來善芳正挽着維歡走過來，海風把兩人的頭髮吹起了。

維喜不禁心裏笑了一下，起身迎上去。善芳見到維喜，臉露笑容，從籃子掏出一小袋紅薯遞過去：「拿住，餓了就吃。」

維喜接過紅薯，甜在心頭。

「你大姑媽來了，早點回來吃飯吧。」善芳又說。

「呵，大姑媽不是回鄉養老去了，怎麼突然又回來了？」維喜好奇地問道。

「哥，這叫突擊檢查呀！誰叫你不等她老人家就匆匆忙忙地擺了喜酒，她心裏不是味兒，要親自來看你到底討了個什麼貨色回來呀！」站在一旁的維歡搭腔道。

維喜做了一個鬼臉，又露出一副無奈的表情，然後對着兩人說：「我今天要去石排灣[4]把木頭運到大船去，要晚一點才回來，不要等我了。」

---

[4] 石排灣：今香港仔一帶，早期香港所產的香木，會連同從東莞運來的莞香，匯集於尖沙嘴，再由艚船運到石排灣，然後運往中國內陸，以及南洋、日本、阿拉伯等地。

亞三搶過來對善芳說：「你老公很會做生意，跟波斯那邊一個大老闆搭上了，只要大批大批的給他們送木材，你們往後就可以高枕無憂了！」

「我就是怕他太辛苦、太勞累了。」善芳看着維喜，一臉不快。

「你老公天生是一頭蠻牛，發起攻勢起來誰能按得住他？我可沒聽過他說累的。」亞三打趣說道。

「我是牛那你是什麼？」維喜不忘還以顏色。

「我呀？我是一頭猴子！精靈的猴子！」亞三抓耳撓腮，扮作一隻猴子。

「死猴子！牙尖嘴利，你欠揍的嗎?!」維喜說着便作勢向亞三打去。

「別打我！別打我！」

看着兩個大男人還像小孩般頑皮地吵鬧，善芳不禁失笑了。這時，船帆蓬蓬的在叫着，善芳望向海面，擔心地問：「今天風浪大，你們還要出海嗎？」

「放心啦，」亞三說，「我們蛋家人風浪見得多，沒什麼好怕的。」

「始終大海喜怒無常，凡事可得小心一點。」善芳轉向維喜説道。

「知道了。」維喜微笑回道。

只見亞三説話時維歡一直別過臉去，刻意避開亞三的視線。亞三心知肚明，憨厚的笑道：「妹子，你來了。」在他眼中，維歡長得美，她的美並不艷麗，而是給人一種颯爽英姿的感覺。

維歡的兩片嘴唇撅着，炯亮的雙眸半眯着，毫不客氣地説道：「劉亞三，你過來！」便走開幾步。

「嗯？」亞三跟着走過去。

「你給我聽好了。」維歡對着亞三生氣地説，「我警告你，你千萬別再胡亂散播謠言，這事關乎我的未來，可不是開玩笑的事情。」

「妳怎麼了？每次見面都像隻刺蝟一樣。」亞三説道。

維歡不在乎地回應：「我就是這樣，如果你不喜歡，以後盡量不見面就行。」

「妳討厭我嗎？」亞三問。

維歡不搭腔，只是抿嘴一笑。

「不說話就是默認了，可我們有承諾在先呢。」

「哼，你又來這套了！」維歡隨即火上心頭，「呵，你要我在這裏受所有人的嘲笑，被人看笑話是嗎？劉亞三，我從未想過你是這麼幼稚的人！」

「開玩笑的，別那麼認真！」亞三急忙反應過來。

「開玩笑?!」維歡怒目橫眉地反問。

「不不不，我是認真的。」亞三連忙又更正說道，「我當初找你幫忙不是鬧着玩的，我是真心在試探妳的。」

「試探我？」

「如果妳不喜歡我為什麼又答應了我？」

亞三看着維歡，視線未曾離開過她的臉。

「我都說了，那是因為要讓你老爸安心我才胡亂答應你的，你不必太認真了。現在你老爸都走了，我們還要裝下去嗎？」維歡的語氣仍是那麼冷淡。

「難道妳對我一點感覺都沒有？」

「不是那種感覺，你懂嗎？我真的只是把你當成談得來的朋友，就這麼簡單。」

亞三抿了抿唇，鼓起勇氣地說：「我也想把妳當成妹妹看待，可是看着身邊的人一個個娶了親，我才發現，我對妳的感情並不是那麼單純了。」

「可是我一點也不想嫁給你！」維歡直截了當地回道。

「為什麼不想嫁給我？」亞三也直率地問道。

維歡顯得不耐煩，隨便找個理由便說：「你太老了，我不喜歡跟老男人往來，相處起來會有很深的代溝。」

「我老?!」亞三驚詫地説道，「我才比妳大四歲啊！」

「四歲不夠多嗎？」

「妳哥比妳嫂子大七歲，那又怎麼説？而且，我們好像沒有真正相處過，妳怎麼能下斷語認定我們不能一起生活呢？」亞三表情嚴肅地問道。

維歡瞥了亞三一眼，輕笑一聲，道：「你怎麼這麼死腦筋？光是看你這身穿著我就知道了。還有，全身上下長不出多少肉的男人，我是不會喜歡的。」

亞三瞪着眼睛，低頭望了望自己，裸露着胸膛，赤着大腳，這有什麼不妥當呢？哦，他也終於明白了，原來維歡在意的是他的家底。

「你死心吧！我真的不能和你在一起！」維歡義正辭嚴地說，「我們就不能還像以前一樣做朋友嗎？」說罷便憤然走開了。

亞三陷入了尷尬的境地，死死地盯着她的背影。

這時，一陣巨大的風勢撲來。

善芳一下子感到有點冷地抱着肩膀。

維喜知道她冷，便伸出手輕挽着她的肩膀，讓她靠在自己堅實的胸膛前。

「這裏岸邊風大，妳們還是先走吧！」維喜溫柔地說。

善芳點了點頭，依依不捨地叮嚀道：「早去早回啊。」

兩人還是如初戀般含情脈脈的對望着。

「呀！受不了啦！」

亞三走過來，看得要氣炸了，一臉酸溜溜的，張嘴就說：

「才分開一天半天，就得要這樣難捨難離嗎？走吧！開船啦！」

六　英船抵港

岸上有一批席地而坐，瘦骨嶙峋的轎夫，有的在打着盹兒，大多卻是目光呆滯，臉上沒有一絲表情，只管坐着、等着。

未幾，一條駁船泊岸了，一批精壯的英國水手前呼後擁地走上岸。赤身的轎夫趕緊站起，恭恭敬敬，躬身伸手，以示請君入轎。他們的轎是由木製而成，兩根長長的竹竿，上面一個簡單的轎廂，由兩名轎夫前後肩扛或手抬而行。

「金梳！金梳！」[5]一群孩子衝了上去，向上岸的水手討東西。有時候，這些水手會給他們打賞一些西洋糖果，有時候卻乾脆把他們一手撞開，還

---

[5] 金梳：昔日接送洋人的艇家因不擅英語，將 Come shore 說成「金梳」，後來詞義演變成叫人打賞、送禮之意。

破口大罵，嘴巴滿是髒話。

這些水手一身怪異的西服洋衣，趾高氣揚，他們在海面上整天與波濤為伍，在船上憋久了，上岸就想到要大喝大玩一番。要知道，這麼一艘大商船實在造價不菲，説白一點，船上的英國商人都是抱着貪念而來，從印度把鴉片運到廣州，在廣州裝上中國的茶葉，只要大商船能載滿這珍貴的東方特產順利歸航，他們就能賺個盤滿缽滿了。在他們那遙遠的家鄉，茶葉早已從奢侈品變成了各個社會階層的日用消費品，英國人的生活不可能沒有茶，不僅是貴族紳士、富商巨賈，或是工廠裏的漿洗工和紡紗工，從上流社會最尊貴的公爵到下流世界最卑微的女工，每天都要飲用，一早起來就要喝一口，在兩頓飯之間也要喝上一杯。

對於這些商人來説，茶葉就是驅使他們千里迢迢來到中國的主要動力，其他諸如絲綢和棉花等的商品，也不過是點綴點綴而已。他們之間經常喊着一句口號：「茶葉就是上帝，在它面前其他東西都可以犧牲！」這使得他們每個人都相信，只要茶葉能源源不絕地運抵英國，就可以給他們帶來巨大的財富了。

他們僱用回來的水手，都是血氣方剛的小伙子，一來力氣充足，手腳靈活，二來富有冒險精神，甘願離鄉別井，可他們大多又是品質惡劣的

人，有些甚至是走投無路才選擇上船的，為着走上一條致富的捷徑，即使是一路的顛簸辛苦，漂洋過海，枯燥寂寞，渴望財富的人仍然是那麼趨之若鶩。

然而，無論船體有多大，生活在大商船上並不是一件舒服的事情。首先是食物的問題，為了保存新鮮，硬邦邦的豬肉上面總是被厚厚的鹽巴覆蓋着，煮好了上桌，那種鹹味還是揮之不去。而為了充飢，船上的水手每天總要吃上一大碗用豆子和穀物混合做成的麥片，吃膩了還得要吃。那些表面皺皺巴巴的麵包，像石頭一樣堅硬，有時吃上一口，還會發現上面竟爬着蛆子。其次就是食水問題，在船上太久，食水容易變質，存放食水的大木桶又容易滋生細菌和海藻，讓人喝了就想吐。所以水手都喜歡以酒代水，或者乾脆把酒兑到水裏面一口氣喝掉，否則誰會有足夠的勇氣去喝那充滿異味的水呢？

日復一日，面對茫茫大海，沒有可口的食物、沒有乾淨的食水、沒有娛樂、沒有舒適的休息環境，航海生活並沒有一般人所想像的浪漫。相反，長期漂泊讓人厭倦，唯一能夠緩解這種情緒的就是酒精。船上的水手喜歡飲用一種叫「格羅格」的酒，是用烈性的朗姆酒和其他酒精混合而成，他們一喝起來，常常毫無節制，卻也自得其樂。

誰也沒料到，這次虎門銷煙，徹底地摧毀了他們發達的美夢了。本來以為是穩操勝券，卻沒有想到他們的如意算盤完全落空了。現在貿易禁絕了，廣州進不去了，一想到要兩手空空地返回英國，心理上便失去秩序，頹喪絕望。

七　擦身而過

早上的菜市場十分熱鬧，挑着擔子的小販很多，他們張開嗓門，沿街叫賣。一地都是貨攤，出售的東西大多是蔬菜、水果和魚貝之類的食物。在這樣炎熱的季節，幹活的人都是裸肩露膊的，大街上充滿着他們帶汗味的體臭，中間還夾雜着各種食物的氣味，燒雞的表皮油光閃亮，在燒雞的旁邊，魷魚乾遍身鹽霜，躺在日光下散發着潮水的氣味。

盆裏的魚蝦正用力掙扎，濺出不少水花。往下看滿是活跳的多彩魚隻，還有一些叫不出名字的海中生物。螃蟹悠然自得地爬着，大概不知道自己不久後就要被人吃掉。

善芳和維歡在魚攤子買了一尾肥大的鯽魚和兩隻大螃蟹，心滿意足地向着另一個方向走。

「妳是為了讓亞三死心，才説出那番刻薄話嗎？」善芳問維歡。

「哼！」維歡餘怒未消，「癩蛤蟆想吃天鵝肉！我今天不把話説得清清楚楚，他准會變本加厲，死纏爛打下去！我可受不了了！」

「妳這樣會傷害到他的自尊呢。」善芳説道。

「我才不管！」維歡理直氣壯地説，「我這個人直話直説，從來不轉彎抹角。不像妳，總是太考慮別人的感受，那會有誰來顧及妳？」

「有時候感情是慢慢培養出來的。人要相處久了，才會考驗出真心，所謂日久見人心，不是嗎？」

「可我從第一眼開始就沒有喜歡過他呢。不像妳呀，跟哥哥是一見鍾情。」

善芳微笑回道：「緣分真是奇妙。我跟妳，跟妳哥，還有亞三，我們都是在同一天遇上的，這不叫緣分叫什麼？」

「是呀。一切都是緣分。妳和哥哥情投意合，這叫天作姻緣，我和亞三不是冤家不聚頭，這叫天意弄人！」

聽此一説，善芳用手捂着嘴巴呵呵地笑了起來。

「笑什麼？不是嗎？」維歡沒好氣地説道。

「妳相信前世今生嗎？」善芳忽然問道。

「嗯——」維歡沉吟了一會兒。

「有人説，前世五百次的回眸才換得今世的擦肩而過，聽過這句話嗎？」善芳又問。

維歡眼眸一轉，隨即回應道：「那麼，我的前世是積攢了多少次的回眸啊，才換得與妳相識相知？」

善芳又被維歡逗得呵呵地笑起來。

那一天，維喜就在這裏突然被一個年輕的姑娘揪住了領口。

「你搶去了我的簪子！」姑娘大喊。

維喜大吃一驚，瞪着姑娘道：「妳胡説什麼呀！」

那是一張標緻的臉，姑娘眼光顯得很認真。

「就是你！剛才跟我擦身而過的時候——」

「妳看錯人了吧！」維喜無辜地說道。

「不，就是你！那是我娘臨死前留給我的遺物，你還給我吧！」姑娘語氣堅定，卻又有點楚楚可憐，我見猶憐的樣子。

「我沒有拿，還妳什麼呀?!」

那姑娘揪住維喜領口的纖纖玉手，有一股清新的茶葉味直沖他的鼻子。維喜的心臟忽然搖蕩起來。

「我可要喊當官的了！」姑娘喊道。

四周已經圍攏來了許多人。

「不是我哥呀！」站在維喜身邊的維歡大聲地喊着。這不單純是對姑娘說的，她還必須向圍觀的群眾為自己的哥哥辯解。她說：「我哥沒有跟妳擦身而過呢。」同一時間，維喜想把姑娘的手拉開，當他抓住姑娘的手時，他感到自己的手心傳來一種令人神魂顛倒的感覺。

這時，一個途人走上前來説道：「姑娘，這根簪子掉在那邊的石階下。」説着遞給姑娘一根蓮花金簪。

「啊呀！這——」姑娘剛才的勢頭一下子不知消失到哪兒去了，不自覺低下頭來，往後退縮。

「可能是頭髮鬆了，掉下來了吧。」那名叫亞三的途人説，目光卻落在維歡身上。

「好兄弟！」維歡指着這見義勇為的途人稱讚道，然後又問那位姑娘，「人證物證俱在了，姑娘，妳還有話要説嗎？」

「這麼説——」姑娘尷尬死了，她用手摸了摸頭髮，含羞地抬頭看了看維喜的臉，眼光一閃。

兩人目光一碰，即時又互相避開了。

群眾中爆發出了笑聲。

亞三傻兮兮地望着維歡。

「維喜，不能饒了她！」

有人這麼一説，看熱鬧的人群中發出一陣喧鬧聲。

「實在對不起您了！」姑娘朝維喜深深低頭行禮說，「真不知道該怎麼向您賠禮道歉才好——」

「沒什麼，能消除懷疑就好了。一時間我真不知道是怎麼回事。」維喜掃興地說道。

「這樣吧，這是一等的武夷山茶，您拿去吧。」姑娘便從布袋裏拿出一包茶葉，帶着羞愧的神情說道。

她似乎不敢再正視維喜了。

「好啦，不必了。能證明我是無辜的就滿足了。」維喜回道。

「不，這樣，我很過意不去。」姑娘羞愧說道。

兩人你推我讓之際，維歡已一手搶過茶葉，塞進亞三的懷裏。

「好吧！」維歡對姑娘說，「妳不介意的話，我就借花敬佛，答謝這位仁兄仗義幫忙。以後我們大家就各不相欠了！」說罷便拉着維喜走開，剩下姑娘與亞三四目相覷，好不尷尬。

沿路的小販仍在高聲叫賣。

維歡和善芳停在石階上，兩人都沒有忘記當日彼此相遇的情景。維歡説道：「我當時還不知道，原來妳和哥哥就是這樣開始交往了。你知道嗎？哥給我説這些時，臉上樂融融的。」

「都説是緣分咯。」善芳嫣然一笑，「那天我才剛剛來了沒幾天，人生路不熟，對人特別有戒心。」

「嫂子，那妳有沒有聽説過，」維歡忽然又問道，「百年修得同船渡，千年修得共枕眠呀，那天剛巧是七姐誕，妳知道哥怎麼説呀？他説你們是牛郎織女，命中注定。」

善芳雙頰微微泛紅的淺笑着。

「我這哥在感情上從來都是挑三揀四的，看來你們真的是命中注定。但哥比妳大好多啊，妳就不介意嗎？」

善芳搖了搖頭説：「我就是喜歡妳哥夠成熟、踏實，有安全感。」

這個時候，不知哪裏傳來吵鬧聲，兩人循聲望過去，就見那邊酒舖的老闆面紅耳赤，指手畫腳，被一群途人團團圍住。

老闆懊惱地吐了一口唾沫，説道：

「這些兔崽子洋鬼子，一闖進來就説要買十甕酒，卻要每人先嘗一杯。讓他們嘗了，又説酒不好，不買了，酒錢也不給。是每人一杯呀，喝掉了我七八杯啊！真他媽見鬼！」

「喝酒不付錢，老闆，你就這麼忍氣吞聲了嗎？」一個途人説道。

善芳和維歡已鑽進人群中看熱鬧了。

老闆憤憤不平地説道：「我已經這麼一大把年歲了，他們七八個人，高頭大馬，又是紅毛又是黑鬼，真叫人可恨！」

「混蛋，這幫洋鬼子真是該死！」

「哎，那可是洋人啊，我們只能自認倒楣了。」

一片唉聲嘆氣中，也不是沒有別的聲音。

「每次上岸，都鬧騰得這麼厲害，官府怎麼還不出面管一管？」

「別傻了，官府怕洋人怕得緊，怎麼可能會為了我們那點子銀錢貨物，就跟洋人起衝突？」

「嘿嘿，先別說他們聽不聽到消息，就算聽到消息了也只會當作沒聽到！」

「哎，我等小民，生計艱難啊！」

老闆咬牙切齒，怒氣沖沖地說道：

「算我今天倒楣，遇上這幫神憎鬼厭的人！」

「喂！」維歡突然高聲大叫，「你幹嘛！」

身旁的善芳給嚇了一跳。只見維歡一把抓住一個男人的手，喝道：「你這該死的混蛋！光天化日之下，你想調戲良家婦女嗎？」

那男人用力甩了兩下也沒甩開，回頭惡狠狠地看着維歡。

「維歡？」善芳不明所以的問道。

「這個人混在人堆裏想要對妳毛手毛腳呀！」維歡氣憤地說道。

途人都圍過來了。那男人吐了一口痰，惡聲惡氣地說：

「哎喲！這小妞還挺厲害！妳哪隻眼睛看到

我毛手毛腳？這裏都是人，妳怎麼一口咬定是我？哼，別跟老子咋咋呼呼的，把老子惹急了，照樣扇妳，信不信？」

那男人作勢要打維歡。

「你敢！」維歡也不甘示弱。

兩人怒目相向。

善芳見眼前這人蛇頭鼠目，一看就是個地痞無賴，橫看豎看都不是善類，若是惹怒他，吃虧的是自己，便扯一扯維歡的衣角，説道：「走吧！走吧！」

維歡還是心有不甘的樣子。

善芳按住維歡，把臉湊到了她面前催促地説，「走吧！我們還有東西要買呀！」便一手把維歡拉出人群了。

八　口腹之欲

花梨木大圓桌上已擺了好幾盤做好的佳餚。什麼鯽魚湯、燉豬蹄、糖醋里脊，還有善芳最拿手的薑葱大螃蟹，忙忙碌碌了一個多小時，全都精心地烹調了起來。總算是將一桌子菜給做好了。端上餐桌之後，她抹了一把額頭的汗水，對着屋內喊了一嗓子：

「飯好了，出來吃飯吧！」

維歡蹦蹦跳跳的從房間中出來了，奶奶挽着大姑媽出來，老爺跟在後面。奶奶自小纏足，走路時總是要人攙扶。林家也就只有奶奶一人纏足。眾所周知，有清一代，旗人始終沒有纏足。清廷早頒法令，禁止婦女束髮纏足，只是漢人認為纏足是漢族民風，刻意保留。香港位處中國南方一隅，在這南

蠻之地，農耕者眾，女性都要與男子下田耕作，纏足者更少。奶奶本是小家碧玉，家裏還是崇尚蓮步，不像大姑媽那樣的田間婦女，自少都是打着赤腳，乘潮汐退去時到海邊打蛤蠣、撈蝦蛤，多習勞苦，纏足與否，已是無關重要了。

飯菜上好，大家都坐下來。看着滿滿一桌子菜餚，大姑媽不由得露出驚訝之色。

維歡豎起拇指讚賞道：「嫂子，妳真會做菜啊！」她哪裏不知道善芳是個烹飪高手，這話明顯是要説進大姑媽的耳朵中去。

善芳含笑不語。老爺開口説：「來！開飯。」

空氣中的香味已讓大姑媽感到垂涎三尺了，她還是故作淡定地説：「看賣相，做得還不錯的，就是不知道，味道怎麼樣？」

維歡自信道：「味道絕對好，妳試了就知道。」

説話間，維歡主動給大姑媽挾了一些菜。自己直接舀了一小碗鯽魚湯，嘗了一小口，頓時圓圓的大眼睛瞪得更加圓溜溜了，嘴裏嚼着魚肉，不斷的點頭：「好吃，太好吃了。嫂子，你太厲害了，做菜竟然這麼好吃。」

「好吃你們就多吃點！」善芳笑着給他們又挾了菜，捂着嘴笑呵呵的看着他們吃飯。

席間，話題不期然又扯到陳年往事去了。大姑媽把喉嚨提高了一個調門，一提起她含辛茹苦把幾個弟妹帶大這回事，馬上氣往上湧：

「那時候的生活真慘，我告訴你，又沒錢僱保母，幾隻小鬼的吃喝拉撒全部都要我經手。那些所謂親戚，既不出人，又不出錢，風涼話一籮筐。」

老爺也不禁回想起當年的窮苦日子：

「當年多少人嘲笑我爹，説他是個窮鬼，只愛賭錢，把幾個孩子餓得呱呱叫，爹去鄰居家借糧食，還被指着鼻子嘲笑，説他地不會種鳥不會打，説他賭光了錢就來求人借糧養娃羞不羞？不單他，我們兄妹幾個也被村裏的娃子嘲笑，因為我們連鞋子褲子都沒得穿，就追着用石頭子打我們，好幾次就給打到頭破血流。」

大姑媽唉了一聲接着説：「爹這個人就是不務正業，有田不耕，又不會營生，愈過愈窮，弄到要討飯了。幸好他又好像有些才華，喜歡畫畫，又不知在哪裏自學回來寫得一筆好字，便替人家抄抄書，換一碗飯吃，可惜他又有一樣怪脾氣，便是好

吃懶做，做不到幾天，便連人帶紙筆墨硯一起失蹤了。如是幾次，叫他抄書的人也沒有了。最後還給人家打斷了腿，殘廢了。娘也不爭氣，生了老五後就不知得了個什麼怪病整天躺在牀上，那時候我才十二歲呀，硬着頭皮挽起褲管下田幹活，每天都是一臉髒兮兮的帶着田裏的泥巴回來。不是我，你們能拉扯大嗎？」

說着說着，大姑媽便覺胸頭飽悶，揉着胸脯哀訴道：

「那是我這一生最艱難的一段日子。長姐為母，難道要我丟下你們幾隻小鬼不理？我雖然沒讀過書，但這點自立的本領是有的。只要是一家人齊齊整整的，再苦些，也得熬過去。我這個人就壞在有情有義，我不能眼睜睜看着一家人各散東西，給別人作踐。可憐做大姐的一輩子就這樣犧牲掉了！」

大姑媽一肚子的冤屈事，悲悲切切傾心吐膽訴說個不完。善芳聽着，心中不由得泛起一陣憐憫。作為一名孤兒，她的日子從來也並不好過，寄人籬下、受人奚落的滋味，真的是有口難言，有苦自知。聽着聽着，竟然就流下兩行淚來。

「嫂子，妳哭了？」維歡見狀問道。

幾個老人停了筷子望了過來。

「沒事。」善芳用指尖拭去眼淚，臉上堆起笑容對大姑媽說，「今天總算是苦盡甘來了。」

大姑媽察顏觀色，頓時一絲愜意湧上心頭。她豎起一隻拇指，對善芳說：「善芳，菜做得不錯！哪兒學來的？」

「大姑媽過獎了。」

善芳記得維歡的叮嚀，不敢多說半句話，只是微笑點頭，繼續默默地聆聽，偶爾給眾人倒倒茶。

一陣狂掃，滿滿一桌子飯菜竟然全都給吃光了，幾乎連湯水都不剩了。這個時候，大姑媽微微地打了個飽嗝。好吃就是好吃，不好吃就是不好吃，人的味蕾最老實。

維歡不顧形象的靠在椅子上，拍了拍自己有些渾圓的小肚子，看着善芳說道：「嫂子，都怪你，把我肚子弄得這麼大！」

老爺連忙教訓道：「維歡，說話正經點！」

「什麼？我說善芳姐做的菜太好吃了，漲得我肚子都大了，沒什麼其他的意思吧！」維歡道，

説完頓了一下，這才一副恍然大悟的模樣，看着父親，做了一個鬼臉。正在一旁收拾碗筷的善芳，聽着聽着，噗哧一聲笑了出來。

九　武松打虎

「鏘鏘——鏘——令——鏘！」

一陣響亮的鑼鼓開場後，「嘶——」的一下，幕布後探出了一頭老虎，歪歪晃晃地走出來，還不時用後腳碰碰自己的鼻子。一會兒，武松連翻幾個筋斗飛到台前，雙眼炯炯，好不威風。武松的出現顯然讓老虎十分生氣，牠不停地朝空中哮叫，張牙舞爪，然後向武松發起攻擊。武松毫不示弱，直向老虎衝去，一人一獸就此展開搏鬥。

原來，觀音廟前一個棚子正在演木偶戲。這是個臨時搭起來的戲台子，木偶栩栩如生，活靈活現，形神兼備，台下看熱鬧的小孩把脖子仰得老高，目不轉睛。

被幕布遮擋起來的後面，是由村裏居民組成的木偶團成員，他們高舉木偶，投入忘我，根據戲文提動木偶身上的弦線，讓木偶及時做出各種靈巧的動作。旁邊還有幾名樂師，一鼓二鑼三弦手，配合着演出製造聲樂效果。

「鏘鏘——鏘——令——鏘！」幕布前的武松喝了幾碗酒，先打了老虎一拳，又趁老虎不備，拱了拱老虎的屁股，引得台下哈哈大笑。老虎不甘示弱，張開血盆大口，好像要將武松一口吞下。武松扭動着身體，靈巧地避開了老虎的襲擊，趁老虎一不留神，便用哨棒打了老虎一棒，可是哨棒被兇猛的老虎撞成了兩截，武松把一截扔掉了，用另一截哨棒拚命地往老虎的頭部打去。老虎一動不動。武松以為老虎死了，可老虎卻突然伸爪，把武松的肩膀抓出血來，用力一撞又把武松撞到樹上去了。

這時，洋鬼子三五成群，大搖大擺地闖了進來，在第一排最好的位置上紛紛坐下，他們早已把自己灌得酩酊大醉，旁若無人，大呼小叫，嚇得大人連忙拉開小孩，生怕禍事惹到身上來。

「鏘鏘——鏘——令——鏘！」

只見武松飛身一躍，從樹上跳到老虎身上，把老虎死死地按在地上，又把扔掉的哨棒用腳敏捷地勾過來，用兩截哨棒把老虎的眼睛戳瞎，又把牠的

腳打斷。

老虎因為失血過多，終於死了。

「鐺！」

一聲鑼響，精彩的演出也結束了。

洋鬼子看來意猶未盡，毫無離去之意。有人大聲喧嘩，有人裝作老虎，互相嚇唬，咆哮亂叫。木偶團的成員和幾個樂師匆匆忙忙地把東西收拾好就趕緊回家去了。

十　日夜交替

大廳的地上放滿了一大堆禮物，七七八八的各式禮品，裝了滿滿一大簍子，有大串大串的芭蕉，有柑子、茶葉餅，廣東人自家醃製的八仙果、梅子等。

「大姐，」奶奶對大姑媽說道，「小小東西不成敬意，我也只會弄些吃的，上回大姐說吃了餃子很喜歡，我又用茶葉做了茶葉餃子，不油，吃個清清腸胃，妳可別嫌棄。」

「喲，二嫂，這麼多東西我怎麼拎走？」大姑媽皺起眉頭說道。

「維歡！維歡！」奶奶向着廳內喊叫，卻沒有得到回應，「不知跑到哪兒去了？」

善芳探頭出來，説道：「維歡剛出去了，她説跟幾個村裏人去岸邊乘涼乘涼。」

「唉，女子人家四處跑，成何體統！」老爺搖頭説道。

「大姐真的不留下來嗎？」奶奶對大姑媽挽留道，「難得來一趟，妳就多留幾天吧。」

這時，老爺暗地裏拉了拉奶奶的衣袖，説道：「大姐看來去意已決了。」

「我去老五那邊看看。」大姑媽説。

「五姑住另外一條村，路有點遠，現在過去的話有點晚了。」奶奶又説。

「不晚，太陽還沒有下山。」大姑媽直率地回答。

夏天白晝長，差不多七點了，天還是光亮亮的。

奶奶又問：「大姐，妳跟五姑約好了嗎？」

「我什麼時候過去要問准她的嗎？」大姑媽隨即應道。

「那麼趁天黑前趕快過去吧！」老爺接過來說，然後轉向善芳，「善芳，妳帶大姑媽到村口給她叫個轎送過去吧。」

「好的。」善芳連忙俯身拿起地上的禮品，對大姑媽微笑道，「大姑媽，我幫您拎着過去吧。」

「不是從村尾走會更快一些嗎？」大姑媽反過來問道。

「對對對，從村尾繞過去會更快一點。」奶奶應道，「別走冤枉路。」

「村尾？」善芳皺一皺眉。

「是。沿着後面那條小路一直走，」奶奶給出方向說道，「走到堤邊拐左，走一段小路，見到大榕樹就往右拐，一直走過去就是大路了。大路兩旁都有轎夫的。」

「快去吧，晚了沒轎了。」老爺催促道。

「好的，大姑媽，我們走吧。」善芳拎着一大簍子的東西，便徑自向門外走去了。

十一　興風作浪

黃昏景致，落日餘暉，天空一片五彩繽紛的晚霞，照得海面波光鱗鱗，金光閃閃。

偶有海風拂過，頓時淡淡的木香傳來。一椿椿綑好的香木排列得整整齊齊，黃褐色的樹皮紋理粗糙又是自然，紊亂又有秩序。

海浪擊打着船舷，維喜和亞三剝開紅薯焦黑的外皮，一口一口地咬着，兩條腿晃蕩晃蕩，看着夕陽。

「今天來回跑了兩趟，累死了。」亞三説道。

「最後一批了，馬上可以回去了。」維喜回道。

「阿喜哥，你不要這麼拚命好不好？」亞三又說。

「不趁年輕的時候打拚，難道老了才去拚？你拚命也好不拚命也好，反正時間都總會過去的。所以，你可以不拚命，但不要後悔。」

「好！阿喜哥講得好！難怪你生意愈做愈大！」亞三舉起拇指稱讚道。

火紅的太陽徐徐的向西邊天角漸漸沉下去，天上飛鳥成群結隊，掠過天邊，飛向歸巢。

亞三忽發奇想，問道：「阿喜哥，太陽有不落下的嗎？」

「廢話！太陽怎麼會不落下？」維喜沒好氣的回答道。

「你沒有聽過日不落帝國嗎？難道英國鬼子那邊的太陽真的是永遠高高在上，永不沉落？」

亞三心裏疑惑未清。

「呸！」維喜説道，「太陽不下山，難道他們就不用睡覺，整天睜着眼睛嗎？洋鬼子用大煙吸我們的血，你看，整個天空都在淌血了，要不是有林

大人在，我們這邊的太陽就要永遠的落下去了。」

望着天際一抹瞬間即逝的霞彩，亞三想了想又說：

「我就是想不通。」

「你想不通些什麼？」維喜問道。

亞三用扇子柄刮了刮頭皮，說道：

「洋鬼子老是霸佔人家的土地，那就可以稱霸世界了嗎？」

「哼！那叫野蠻民族，流氓匪類！」維喜憤然答道。

「這樣做流氓也不錯啊，恃着自己有大船大炮，就可以四處作威作福，把人家的東西據為己有，坐享其成！」

「據為己有，坐享其成？你腦袋有問題嗎？這是做人的原則嗎？你對得住自己的良心嗎？」維喜指着亞三就罵。

「喂喂喂！」亞三撥開維喜的手，反擊道，「你指着我幹嘛？我又不是洋人！」

「總而言之，」維喜正氣凜然地說，「做人要自強不息，不要讓人家欺負。還有，做人要老老實實，乾乾淨淨。老老實實讓你站得住，乾乾淨淨讓你守得住。一句話，做人要心安理得，無愧於己，無悔於人。」

亞三聳一聳肩，刮喇刮喇在衣衫下面扇着背脊，想了想又說：

「阿喜哥，我想我多跑幾趟就不幹了。」

「哦？」

「我要去廣州參加水師訓練。」

「你要當水兵啦？」

「廣州那邊正在招收壯丁，待遇不錯，一月有十二元！」

「十二元？真的不錯啊！」

對於貧窮的漁村青年來講，每月能拿到十二元，那可是一筆不少的收入。因為當時清廷實行閉關鎖國政策後對外貿易僅限廣州一個城市，讓廣州一時成為內外貿易異常繁盛的港口，從廣州出發的商船，北至寧波、上海、天津、錦州，一年還有幾

次對渡台灣，而與東南亞和印度各國的貿易往來更是從未斷絕，所以珠江海面永遠看來都是帆檣林立，十分繁華。到了道光之際，廣州已擁有十三家行商，五千多家大大小小專營外銷商品的店舖，洋船、商船也是數以千計，堪稱東南沿海第一大商業港口。在這座大城市裏，每天都有來自五湖四海的年輕人前來尋找致富的機會。

「聽説洋人的洋槍洋炮可厲害了，多遠都能殺人。」維喜續説道，「亞三，你當了水兵就要把自己訓練成為勇士，一旦國難當前，就要奮勇抗敵，保家衛國！」

「若真厲害，還能讓林大人把鴉片煙都銷了？」亞三壞笑着説，「不過，就算當不了水兵也可以找個行商投靠投靠，碰碰運氣。」

「那就得要講關係咯。你最好先打聽打聽，不要貿然行事。一個人出門在外無依無靠，並不是你想的那麼容易的。」維喜説道。

「老呆在這裏死氣沉沉的像是什麼樣子？」亞三看來有些不忿，「不出去走走我對不起自己。趁年輕去闖一闖，多賺些錢，將來才有資本回來結婚生孩子，是不是？」

維喜聽出亞三話裏的口氣，便説：「你在生維

歡的氣吧。」

亞三説道：「哪有！男人嘛，要成就一番大業！賺到錢哪怕沒有女人！男人嘛，趁年輕，沒理由不去闖，哪怕敗，我也要敗得漂亮！」

這時，一個急浪沖來，船顛簸了幾下。

維喜眺望大海，説：「起風浪了！」

亞三把紅薯皮往海裏一唾，説道：「阿喜哥，要吃龍蝦嗎？」但未及維喜回答，他已站起，「噗通」一聲就跳進水裏，消失不見了。

維喜急忙叫道：「亞三小心啊！浪好大！」

才一會兒，亞三便從水面冒出頭來喊道：「機不可失！有風有浪，龍蝦就會出來，等我一會兒，讓我去抓幾隻上來。」亞三喘了幾口氣，又一頭扎進水裏去了。他自幼在海邊長大，水性極好，果然，不會兒的工夫，當亞三再次浮出水面，便真的撈了一隻大龍蝦來。半米多長、碗口粗的龍蝦，十來斤重。

「哇，好大啊！」維喜不禁露出驚奇之色，他還真不知道亞三有這樣的本領。

「這麼大的龍蝦你沒有看見過吧？」亞三歡喜地問道。

「真的沒看見過，這麼大的龍蝦我還真沒吃過。」維喜笑着回應。

「所以，我跟你講，世界好大，我們一定要去見識見識，開開眼界！」

亞三把龍蝦拋到甲板上，自己也爬了上來，躺在甲板上喘息。那隻大龍蝦十分生猛，對着維喜張牙舞爪。維喜拿起亞三擱在甲板上的扇子，裝作與龍蝦對峙的局面。

「來來來！攻擊我吧！」維喜向龍蝦宣戰了。

他伸扇子去挑釁，可扇子一下子就被龍蝦的鉗子夾住了。

突然，維喜睜大眼睛，臉露驚恐之色。

「哈哈哈！你怕什麼呀？」亞三取笑道。

維喜張口結舌，指向前方的海面。

「出什麼事情了阿喜哥？」

亞三順着方向看去，見到一艘巨大的帆船朝着他們這邊駛來，隱約可見船上扯着一面黑色的幡旗。

「竟然遇到海盜了，也不知運氣好還是運氣差。」亞三連忙跳起，自言自語地説了一句，馬上又對維喜吩咐道，「快把燈火熄滅，統統熄滅。」便跌跌撞撞地走近桅杆，扯住帆繩，把帆扯下。待維喜把船上的燈火都吹滅了，亞三便急忙地把他拉進船艙躲起來。

兩人默默地守候了片刻。

可是，海盜船還是逼近過來了。

外面響起了一陣雜亂的腳步聲，還有幾個人用聽來像閩南話的語言在大聲的呵斥着。

「噢！噢！老大，香木呀！全是香木！這下我們發達了！」

一把聽來是老大的聲音隨即狂喜地喊道：「全部帶走！」

亞三一聽，就猜出來這些是來自福建海峽的海盜。

還來不及驚慌，艙門突然被踢開了，一道強烈的火光衝進來，然後幾道高高的身影走了進來，各人一手擎着火把，一手握着利刀，兇神惡煞的樣子。

站在中間的那個看來是老大的人兇巴巴地看着維喜和亞三問道：「你們是什麼人？」

左右兩名手下隨即上前，把亮晶晶的大刀架在他們的脖子上。看了看面前這些一臉殺氣的海盜看着自己，那氣勢很明顯，只要你敢亂動，就把你給殺了！

「大哥，我們只是附近的村民，做點小生意，求你放過我們吧。」亞三哀求道。

「老大，殺了他們吧！要是他們走了，我們的事情就敗露了。」一個海盜惡狠狠地說。

「大哥放我們一條生路吧？你們要是放了我們，船上的貨分你們一半！」維喜竟想開個條件。

「一半?!」那個老大咧嘴一笑，輕蔑地罵道，「死到臨頭，竟然還想跟我討價還價？哈哈哈！」

「全部拿去！全部拿去！」亞三連忙求饒道。

「老大，今天你生日，看來是上天要給你送一份大禮。」一個手下說道。

「一兩沉香一兩金！呵呵！呵呵呵！」老大喜上眉梢，笑個不停。

「老大？」手下等待着指示。

「好！」老大厲聲說道，「今天老子不殺生，算你們走運！」便對手下吩咐說，「把他們綁起來，這些香木全部給我帶走！」

手下把火把一揚，照見甲板邊緣上竟爬着一隻大龍蝦，喊道，「老大，這兒還有一隻大龍蝦啊！」

「都帶走！哈哈！」老大哈哈大笑地走去了。

維喜和亞三被五花大綁的丟在一旁，最後眼巴巴的看着海盜把船上所有的香木都搬走了。

暮色漸濃，新月微微的升在空中。

浪濤拍打船身的節奏隱約變得急促了。

兩人幾乎花光了所有的力氣，才勉強地為自己鬆了綁。維喜站起來，搖搖晃晃的，茫然地看着一條空空蕩蕩的船。

「天呀！」維喜猛搖着頭，欲哭無淚的樣子，「慘了！慘了！這趟血本無歸了。」

「撿回一命，值了。」亞三死氣沉沉的伏在甲板上説道。

「現在怎麼辦？」維喜已沮喪得不似人形。

「你説怎麼辦？」亞三反問道。

「回去報官府。快！馬上回去。」維喜提高嗓子説道。

亞三冷哼一聲，無奈地説道：「阿喜哥，天這麼黑了，等天亮吧。」

維喜無言以對。

夜色愈發深沉，只見山的輪廓，和遠方船家的點點燈火。

十二　辣手摧花

太陽偏下去了，天色暗得昏紅，起了一陣風，吹在身上，溫濕溫濕，吹得善芳那一頭秀髮也顫動起來。

善芳送走了大姑媽，回家時竟迷路了，周圍是一片葱葱鬱鬱的樹木，野花遍地，雜草橫生，癩蝦蟆在嘓嘓的叫。幾株扶桑枝條上，東一個西一個的掛滿了蟲繭，有幾朵花苞才伸頭就給毛蟲咬死了，紫漿都淌了出來，好像傷兵流的瘀血。

善芳欲折返，卻與一名爛醉如泥的英國水手撞個正着。英國水手正在樹邊撒尿。善芳忙找小路躲避，卻已被他一手擋住了。

這個洋鬼子昂藏七尺，金髮碧眼，一臉的大鬍

子，一身臭味遠遠就可以聞到，他口裏嘰哩咕嚕地説着些瘋言狂語，見着這如出水粉荷的東方美人，剎那心蕩神馳，便伸頭去嗅了嗅，不知是否善芳身上的一股清香，引得他全身滾燙，剛才喝下的酒還在往上冒起，便連拖帶拉的把善芳強拽到草叢中去。

「混蛋，放開我！」

善芳嚇得花容失色，大聲呼叫。她手腕被抓得生疼，試圖用力的掙脱，可她愈是用力，對方抓着她手腕的力道愈大，大到快要捏斷她的手了。

「救命呀！救命呀！」

善芳尖叫，但洋鬼子的手重搗住她的嘴，另一隻手已在她的身上亂摸亂擰。她痛得眼淚直淌，心跳得打鼓一樣。洋鬼子漲紅臉孔，表情猙獰，如同一頭猛虎撲向一隻待斃的羚羊一樣。

善芳拚命掙扎，雙手直往洋鬼子的身上亂掐，指甲深深地陷入了對方手臂上的肉裏去了。洋鬼子卻是力壯如牛，用龐大的身體擠她。善芳使出全身的力氣狠狠地咬住對方，在他的手肘留下了一道深深的牙齒血印。

啊呀呀！不得了！一個熱辣的巴掌打過來，打

得她頭昏眼花。洋鬼子眸色變得深沉，用另一隻手揑住善芳的脖子，她呼吸困難，不得不鬆了咬着他手腕的口。盯着自己手腕上滲出血的清晰牙印，洋鬼子怒意洶湧，便整個人撲到善芳的身上去，兇狠地啃咬着善芳的身體。善芳雙足踢蹬，身體扭曲着拚命掙扎，臉色難看得徹底。

可惜不管她怎麼掙扎，都是無用之功，這裏可是叫天不應、叫地不聞的了……

十三　禍不單行

天還是矇矇亮的，太陽剛剛才升起來，透過灰色的霧射出幾片淡白的亮光，有幾家人家的公雞，一陣急似一陣的催叫起來。

維喜推門進屋，心裏一陣冰涼，只見善芳瑟縮牀上，渾身顫抖，淚流滿腮，兩臂露出紫紅的傷疤。

這究竟是怎麼一回事？!

善芳一見維喜就哽咽起來，掉下了兩行眼淚，一邊把昨晚發生的事情哭訴出來，不時還用袖子揾一揾眼睛，說着說着，一講到屈辱之處，顫抖抖的喊了一聲：「阿喜——」便泣不成聲了。

維喜拉下善芳的衣衫，善芳的雙臂、肩部、背

部傷痕斑斑，一塊紅、一塊紫、一塊青，眼眶也滾動着熱淚，心中又是憐惜又是憤慨，悽愴的叫道：「你他媽的臭洋鬼子！」心底驟然冒出一團怒火，便咬牙切齒，頭也不回就跑出去了。

十四　一命嗚呼

村裏有個習俗，就是在村口的涼亭裏放些茶水，給路人提供方便。一幫洋人昨晚酒醉飯飽，倒在樹下呼呼大睡，天光醒來，一見村民在用茶水便搶過來喝，可是涼茶苦澀難當，弄得他們「咔」的一聲便往地上猛吐。有人肆無忌憚地把茶水推翻，瓷碗碎滿一地。有人又從一個婦人的手中搶來一籃梨子，然後便人手一個津津有味地吃了起來。

亞三把船綁好，經過這裏，看到幾個村民正在上前阻擾，卻給兇神惡煞的洋人無禮推撞。這些洋人一邊在推倒東西，還一邊衝着躲在一旁的村民嘰哩咕嚕瘋狂大笑，氣焰之囂張、態度之驕狂，引得旁人側目議論。只是，洋人牛高馬大，昂藏七呎，無時不刻都在警告周圍的村民百姓，這幫紅鬚綠眼的黃毛鬼子並不好惹。

正在這個時候，維喜氣沖沖地找到來了，只見他額上淌着豆大的汗珠，狠狠地瞪着那幫搗亂之徒，然後大聲喝罵：

「你們是他媽的什麼東西！」

一股怒氣像盤火似的煽上了心頭，便衝上前去，幾個呼吸工夫便殺至那幫洋人水手跟前。

啊——！

維喜兇猛如虎，先將攔在身前的一個洋人水手打至後退幾步。洋人悟着痛處，淒厲哀嚎。

剛剛還囂張肆意的洋人水手，被維喜的彪悍震住，沒想到這岸上的清國人，還真敢跟他們動手。也不知是誰喊了一聲，又是説的哪國語言，一干洋人水手紛紛反應過來，二話不説扔掉手中水果，滿臉猙獰大喊大叫衝了上來，七八個人把維喜團團圍住。

亞三瞧着不對勁，當下出聲想要制止維喜：

「阿喜哥你幹嘛，別逞強啊！」

砰砰砰——！

只見維喜身上不時挨上一記，疼得直吸涼氣，不一會臉上手上便多了幾處青紫傷痕，但他看來毫無退意，硬着頭皮，左奔右突，毫不避諱與一隻隻呼嘯而來的鐵拳以硬碰硬。一連串的拳頭相擊聲響起，聽在旁人耳中好一陣膽戰心驚。

碼頭上的村民自然不能眼睜睜看着維喜被洋人欺負，就算心中再畏懼洋人都不得不出頭。不一會兒，六七條漢子衝了出來，大喊大叫朝洋人水手撲了過去。

一群人你拉我，我扯你，耳光、拳頭、腳踢，兩幫人扭作一團，這些洋人水手看來力大無窮，沒到一刻鐘，就陸陸續續掉了不少人在地上，大都是村民子弟，鼻青眼腫，哭爹喊娘的罵痛。維喜雙手微微顫抖，被反震之力弄得好不難受，整張臉痛得扭曲起來。

「阿喜哥，好漢不吃眼前虧！你不夠他們打的！快走吧！」

亞三上前拉着維喜，但是維喜兩隻眼睛發紅又突出，心裏頭的一股怒火怎麼也壓抑不住，他舉起拳頭大呼：「我要不除掉這一幫番鬼流氓，林維喜三個字顛倒寫！」

他這一刻腦子裏只有一個念頭，就是要為善芳

報仇。電光火石間，他瞥見那個大鬍子，手肘上還有個牙齒血印，更是火上加油，滿頭青筋驟然暴起，便兩手握拳，衝着那洋鬼子咆哮，用力狠狠的往他身上招呼。

砰砰砰——！

啊啊啊——！

那碧眼金髮的大鬍子被惹怒了，一手揪着維喜的辮子，大力地把他摔開。

維喜踉蹌地後退幾步，摔倒在地上。

大鬍子怒火中燒，一手撿起路邊的一條擔挑，向着維喜這邊走來。亞三嚇得雙膝一軟，噗通一聲的跪到了地上，連忙求饒。

大鬍子哪裏顧得了他。只見他高舉擔挑，一招如武松打虎，就對着維喜重重一擊！維喜一聲慘叫，雙手捂着胸前的傷口，左右搖晃了兩下後就一頭栽倒，鮮血飛濺。

在場人看到維喜倒下的一幕，全都一愣，滿眼的不可置信。亞三驚慌失措，上前用手推推躺在地上一動不動的維喜，扯着嗓子喊道：

「阿喜哥，快醒醒！阿喜哥！阿喜哥！」

他伸手去探維喜的鼻息，沒發現有氣息，猛然後退一步，一下子慌了神，呆若木雞，口裏喃喃：

「這是怎麼回事？這是怎麼回事？」

幾個婦孺嚇得掩臉哭叫，圍攏的人愈來愈多了，領頭的洋鬼子見勢色不對，咬了咬牙，一個揮手便迅速向碼頭泊位處的海船退去，其他水手立即跟上做了鳥獸散。

十五　哀聲震天

維喜被抬到沙灘上，眼睛還微睜着，嘴唇發烏，兩隻手握拳握得好緊，胸口腫得核桃那麼大，紫紅的血凝成塊子了，灰色的衣衫上大大小小滲着好多血點。

善芳聞訊趕來，雙膝一軟，就跪了下來，拚命搖着維喜的肩膀大哭：

「阿喜！你怎麼可以扔下我？阿喜！阿喜！」

她無法控制全身的顫抖，她還未從昨晚的恐懼恢復過來，驚魂未定，災難卻又接踵而來，快活幸福的生活過了沒幾天，竟然飛來橫禍，更是禍不單行，這一刻她徹底崩潰了。

不久，維歡攙着兩老來到，兩老一見兒子果然慘死，嚇得臉無人色，奶奶瘋了一般，抱着兒子的屍體哭得死去活來。

「維喜呀！維喜呀！我就這麼一個兒子？為什麼？為什麼呀？維喜！維喜呀！」

老爺劇烈地顫抖起來，捂住胸口，看着兒子傷痕纍纍、毫無反應的身軀，聲音變得十分激動：

「誰殺了我的兒子！誰殺了我的兒子呀！」

天下間有什麼比喪子之痛更讓人受不了的呢？

維歡一見亞三便衝上前去，激動地問道：

「亞三，這到底是怎麼回事？」

亞三表情迷惘，一時無法言語。

「你們到底去了哪裏，為什麼一個晚上都沒有回來？這到底是怎麼回事？這到底是怎麼回事啊？快説呀！快説呀！」維歡聲嘶力竭地追問着。

亞三抽了幾下鼻子，便把他們在海上遇到海盜的事情説了：「我們待在海中，等天亮就趕回來。碼頭那邊有一撮洋鬼子在搗亂生事，阿喜哥不知什

麼時候折回來了，就跟他們打起來，我一直拉着他，可是——」

說到這裏亞三就噎住了。

維歡猛搖頭，不敢相信的樣子：「我哥從來不跟人打架的！不會的，不會的。」

善芳泣不成聲，奶奶老淚縱橫。

哀聲震天。

老爺怔怔的看着兒子，他的眼角不斷地跳躍，嘴唇咬得緊緊的，一步一步上前，跪到地上，用手摸摸兒子冰冷的臉，戰慄的指頭替兒子合上了眼睛。

「殺人償命！殺人償命！」

「趕走洋鬼子！趕走洋鬼子！」

「替阿喜報仇！替阿喜報仇！」

此事馬上轟動了整條村莊，聞訊趕來的群眾情緒十分激動，個個高舉拳頭，誓要為死者討回公道。

十六　風起雲湧

「糟糕了！糟糕了！」

代表大英帝國執行一切在華事務的英國駐華商務總監查理．義律在他的澳門府邸聽到消息，猛搖着頭，敲着桌子説道。

他早就預料到遲早都有可能發生這樣的事情。

「不管怎樣，我們得趕快處理。」充當軍師角色的鴉片商人詹姆斯．馬禮遜在一旁建議道。

「由我們來處理，還是——」義律的心中依然存着矛盾。

「按常規，應當把犯人引渡給清國當局。不過——」馬禮遜冷靜地分析道。

「引渡?!」義律不以為然地説道，「怎麼能把英國的臣民交給那群豺狼？」

自從在廣州發生包圍商館的事情以來，他的肝火一直很旺。一個多月前，林則徐在廣州下令中斷貿易，撤走華人買辦和僕役，包圍了英國商館，所有洋商被困在商館區裏，因為廚師、挑夫和僕人統統都給撤走了，生活變得大為不便。氣候悶熱，加上食物短缺，最大的不自在還是單調無聊，前景迷茫，幾百個人給白白軟禁了六個多星期，弄得抱怨沸騰，喧嘩四起。一想到這裏，義律便無名火起。在離開廣州前，他曾給外相帕麥斯頓發了一封信，主張對中國發動戰爭，同時又給駐印度總督奧克蘭勳爵發信，請他派盡可能多的兵船到中國來示威，現在突然出現這宗命案，讓他一時亂了陣腳，無論如何，他心忖怎樣也不能把兇犯移交中方，任其宰割。

馬禮遜這個來自蘇格蘭色得蘭郡的鴉片走私渠魁，比義律更了解大清律例，他早於嘉慶二十三年[6]已來到廣州，先在西班牙、丹麥商行任職，取得西班牙、丹麥通商執照，擺脱了東印度公司的束縛，便肆無忌憚地在廣州港外的伶仃島進行鴉片走私。道光三年[7]，他乘西班牙商船，懸掛西班牙國旗，在中國沿海走私鴉片，獲得暴利，財源滾滾。他這個做法引來別人仿效，從而使鴉片輸入中國，更為猖獗。

---

6 即公元 1818 年。
7 即公元 1823 年。

不過，他聲勢浩大的猖狂走私活動，早已引起中國朝野的注意。林則徐未到廣州之前曾對他作過密查，而到廣州之後更是派人對他進行嚴密監視。直到他交出所有鴉片，具永不再來甘結後被驅逐出境。

對於像馬禮遜這些多年以來通過走私鴉片牟取暴利的英國煙商來說，在虎門銷煙之後，因為無法再通過大清的唯一開放口岸廣州進行鴉片貿易，心有萬千不甘也就可想而知了。被逐出廣州後，他也不打算回國，與其他英國商船一樣賴在中國沿海不走，繼續偷運、偷售鴉片，力求固守一個流動的海上陣地，以破壞林則徐領導的禁煙運動。總之，大英帝國兩百多年以來堅定奉行的一句話：誰控制了海洋，誰就控制了世界貿易。而誰控制了世界貿易，誰就控制了地球的財富和地球本身。

「根據清國政府的司法慣例，我們此等外國人已『歸附天朝，若有違律情事，懲處一如本朝臣民』。」馬禮遜手拿冊子，對義律分析案情說道，「所以，要是把我國子民交予清國，必然是以一命填一命。」

義律細心地聆聽着。

馬禮遜翻着冊子舉出例證，說道：

「一七七六年[8]，一名法國人在打鬥中殺死了一名葡萄牙水手，清朝官吏伸張司法權力介入案件，最後這名法國人被逼與法國領事走出避難所，被公開處以絞刑。一七八四年[9]，我國東印度公司商船『休斯女士號』在廣州附近鳴放禮炮時，誤殺了兩名中國的觀禮者，中國威脅停止與西方各國貿易往來，迫令『休斯女士號』交出可能犯案的炮手，最後這名炮手同樣被判絞刑。一八二一年[10]，美國商船『埃米利號』船上的一名水手扔了一隻陶壺，剛好砸在下方小船一名賣水果的中國婦人頭上，結果這名婦人落水滅頂，中國人要求交出疑犯，美國一方起初堅持必須在船上進行審判，就在滿清官員下令禁止美國人在廣州地區進行貿易後，『埃米利號』船長軟化了，便把水手交付中國職司。審判過程中不許西方人在場，最後水手被判有罪，隔天即遭處決！」

義律的心頭震蕩了一下。

馬禮遜清了清嗓子繼續說下去：

「一八二五年[11]，一名中國少年在澳門被葡人殺害，澳葡當局拒絕引渡兇手給清國官府審理，最後引發在澳華人居民暴動！」

「最後怎樣？」義律急忙地要知道答案。

---

[8] 即清乾隆四十一年。
[9] 即清乾隆四十九年。
[10] 即清道光元年。
[11] 即清道光五年。

「當然要把兇手交出來了。」馬禮遜說道。

義律閉上眼睛，用雙手的大拇指按住兩側的太陽穴，輕微地揉動若干次，然後說道：

「那就是說，我們不交人不行？」

這是大清政府司法管轄權範圍內所發生的案子，外國人在中國人的領土殺害中國人，牽涉到他國的司法自主權，義律怎樣也想不出不把兇犯交出的理由。

馬禮遜明顯是有備而來的，他又翻了翻冊子說道：

「一七二一年[12]，我國『喬治王號』的炮兵在上岸狩獵時誤殺了一名中國男孩，最後中國人接受了船長賠償二千兩了事。」

義律眼眸轉動了一下，緩緩地抬起頭來，看着馬禮遜。

「一八〇七年[13]，」馬禮遜侃侃而談，「英國船隻『海王星號』的水手在吵架中殺死了兩名中國人，滿清官員與英國大班達成協議，找出一名水手充當替罪羔羊。結果這名頂罪的水手被判處過失殺

[12] 即清康熙六十年。
[13] 即清嘉慶九年。

人的罪名，依據清律減刑的條款，以十二點四二兩贖抵刑責。」

馬禮遜説了這麼多案例給義律聽，無非就是想告訴他，此案處理的辦法並不是一成不變的，如何棘手的問題，總有化解的方法。

「但林則徐是個什麼人，我們都很清楚。」義律對馬禮遜分析説道，「所以買通他是沒有可能的。要找一個頂罪羔羊，不是不行，但也不是最好的方法。」

義律似乎偏偏是在與林則徐作對，廣州銷煙對他來説是個極大的侮辱，舊怨未平，新仇又起，他就是不肯將英國臣民交由中國法律處置，看林則徐能奈他如何。

義律沉思了片刻，對馬禮遜問道：「你有什麼看法？」

「我看還是盡快跟死者家屬和村裏人商談商談為好。」馬禮遜冷靜地分析着。

「好！馬上去辦。」義律點頭回道，「總之，這件事情不能鬧大——」

窗外，風勢兇猛起來，義律狠狠地咬咬牙，臉色隨着天氣的陰暗也變得陰沉了。

十七　不祥之人

風雲在變，一縷縷的白煙升起。

哀樂大奏，幾個道士身着法衣，手執拂塵，念經超度。善芳一身麻衣喪服，望着那一丘隆起的新土，眼睛裏滾着閃亮的淚珠，人憔悴得一下子好像蒼老了十年。

前來送葬的人跟維歡和亞三一樣，又擤鼻涕，又抹眼淚。

老爺奶奶按照傳統慣例，白頭人不送黑頭人。老爺在家門前燒了一大疊紙錢，一邊燒，一邊蹲在地上念念喃喃講了一大堆安魂的話。鄰舍陸續前來慰問，奶奶的房間不時傳來撕心裂肺的哭聲。

「我們一輩子勤勤懇懇憑雙手吃飯，從來不幹壞事，老天爺，這叫什麼事呀？老天爺呀，我就只有這麼一個兒子！嗚嗚！」

屋內一片愁雲慘霧。

「才剛嫁進去就出事了！」

「唉，才二十出頭就做了寡婆子，苦命呀！」

「她這叫剋夫之相呀！以後見到她一定要拐路走！」

一背過臉，那些閒人就嘰嘰喳喳的説長道短，嘴裏什麼難聽的話都説得出來了。

維喜的死，無疑給林家帶來巨大的傷痛，對老年失子的老兩口來説更是痛不欲生。大姑媽得知噩耗，趕來看維喜最後一面。來了一整天，都沒望過善芳一眼。晚上，善芳無意中聽到他們一家子在客廳裏説話。

「債主都追上門來了，你看我們怎麼收場！」老爺唉聲嘆氣地苦訴着。

「怎麼欠下了一屁股的債？」大姑媽緊張地問道。

「唉！還不是那批給海盜搶走的香木，還有之前一大堆賒欠的貨款。嗚嗚——」奶奶哭着答道。

「爸，你別急，慢慢想總會有辦法的。」維歡安慰道，但是不經世事的她哪能想出什麼解決的辦法來呢。

「我已經在想辦法籌錢了，你知道他們怎麼說？」老爺說道，「『我不管你賣房子賣女兒，限你半個月內將錢還給我，否則把你們的房子給拆了！』」

一屋無語。

大姑媽長長的嘆了一聲，然後說：

「真是命中帶煞，先是剋死父母，連自己的男人都剋死了，現在還把整個家都給拖累了！這不是個天降災星是什麼？不祥之人啊！不祥之人啊！這麼重的煞氣，一定要粗養、賤養，才能剋得住的。」

往後幾天，善芳變得癡呆起來，有時站在一個地方好久不說一句話，就那麼呆呆地望着，眼前並沒有什麼，但她仍癡癡呆呆地望着。她怎會想到，自己嫁進來才一個多月，就變成了大姑媽

嘴裏那個不祥之人，也變成了村子裏人人喊打喊殺的掃把星。

十八　共商善後

觀音廟前的空地上，村長召集了所有當日在案發現場的村民到來，共商善後。這天還來了兩個不速之客，一個是英人馬禮遜，一個是跟隨他從澳門一起過來的「通事」。這種叫作「通事」的職業，外國人稱他們為「Linguist」，其實就是外語專家，一般人都把他們當作專業翻譯。

在場的人無不義憤填胸，他們不到二十人，當中包括挺身而出為維喜擋駕而被打傷的村民。

亞三從人群中站起，對着村長說道：「阿喜哥死不瞑目的情形你們都看到了，他走得不甘心啊！村長，你要為我們主持公道啊！」

「對！替阿喜哥報仇，決不讓阿喜哥冤沉海底

呀！」一個青年高呼說道。

「大家稍安勿躁！」村長冷靜地說道，「今天叫大家來，就是要好好的解決這個問題。」

村長和那位通事先生耳語了幾句，然後對着大伙兒說道：

「我說諸位，要報仇也是應該的。拿我來說，我是滿心想把那個罪大惡極的洋鬼子的腦袋給砍下來的。可是，大家把手放在胸口想一想，光是報仇，阿喜就能登西方極樂嗎？」

大家一時靜了下來，思考着村長的話。

這時，那位通事把話接過來說：

「是的。小林放不下的是他的老婆、他的老爸老媽啊！大家想一想是不是這個道理？可以把那個可恨的傢伙的腦袋給砍下來，可是，以後的事情怎麼辦？小林丟下的一家人會不會有好日子過？問題就在這兒！大家伙兒明白我們的意思了吧。還有人想不通嗎？」

這位通事看來是個老練的人，做出一副通情達理的樣子，好像代表大家似的把事情分析通透。

「我還是想不通！」亞三鼓起勇氣發言。

「那為什麼呢？」通事嘴角彎起一個笑容反問道。

「不管怎麼說，阿喜的仇不報，我心裏這口氣就咽不下去。」亞三憤然說道。

「那麼，我請問，」通事用那溫和緩慢的語調說，「你能負責撫養林維喜的家屬嗎？」

「這——」亞三一時語塞。

通事提高一個語調又說：「就是說，你們誰能出得起這一筆錢嗎？」

「這——這——」亞三滿臉通紅，撅着嘴巴，支支吾吾答不上話來。

「現在已經不是感情用事的時候了。我們要冷靜考慮一下他家屬的問題。」

通事從容淡定，堪比一個熟練的說客。

亞三嘴唇在微微地顫動着，但他已經不說話了，只是臉上還殘留着懊惱的表情。

「我想大家一定要明白，我們一定要考慮死者最樂意的辦法。」那名通事好像還不放心似的，又叮囑了一句。

「是的，是的。」村長點頭表示贊同，「事情既然已經發生了，往後的生活問題就得要解決，讓阿喜去得安心。」

「那麼，」亞三問道，「你們怎樣補償阿喜哥的家屬呢？」

通事望一望馬禮遜，兩人走過一邊耳語一番。然後，通事回來説道：

「只要你們有人能證明，林維喜的死是偶然的事故，我們就會給你們一筆賞金，同時給林維喜的家屬一千五百元的撫恤金。」

在場的人無不感到驚詫，對於他們任何一個人來説，一千五百元是一筆做夢也不敢想的大錢。

「另外，」通事繼續説道，「我們已經準備了給村子裏一筆捐款，所有村民都能受用。還有，你們在場的每一個人，也會額外地得到一筆賠金。」

「這聽來是個很周到的安排。」村長把自己的立場説明白了。

「我不能說這是一個十全十美的方法，不過亡羊補牢，未為晚也。」通事接着說，又指一指身旁的馬禮遜，「這位馬禮遜先生是英國駐華商務總監義律先生的親信，他是抱着最大的歉意和最大的誠意而來的，我們只希望讓阿喜去得安心，讓阿喜的家屬得到一個最現實最妥善的安排。」

在場的人交頭接耳，竊竊私語。這時，亞三一再站起，問道：

「你們真的能出這麼多錢嗎？我們怎麼相信你們？」

通事再與馬禮遜耳語一番，回應道：

「作為一名殷實商人，馬禮遜先生一向尊重法律，信守承諾。為了表示誠意，他願意簽訂承諾書，要是這邊不兑現承諾，你們大可以根據法律追究責任。」

村子裏的人頭腦簡單，思想單純，似乎都認同了通事這番合情合理的説話。村子裏又多是窮人，窮人又多是軟弱的，他們敵不過金錢的魔力。到了傍晚，通事終於和村長協商好具體的辦法了。

事後，村長和通事把亞三拉到一旁，對他說道：

「亞三，你跟阿喜相熟，當時你也在場。現在林家有難了，你願意幫個忙嗎？」

「村長，我能做得到的我一定幫忙。你們儘管說吧。」

「那就好。」

村長向通事打了一個眼色。之後，通事從馬禮遜手中接過一袋銀元，塞進亞三手中。

「這筆賞金你先拿住吧。」通事望着亞三，懇切地說道。

夜色漸濃，夕陽終於敵不過時光磨礪，墜落在遠方的山谷裏，一剎那間，山巔把最後一抹餘暉吞噬了。

十九　勢不兩立

清平世界，朗朗乾坤，哪有無辜屈死人命之理？

「此事出現大清國土之內，我非管不可！」

消息很快傳到欽差大臣林則徐的耳中。他隨即派人登船向英人代表義律責令交兇，可是義律卻派人回覆林則徐道：「別這麼早就下結論，他們有沒有罪，將只能由法院來決定了。」

隔天，林則徐與兩廣總督鄧廷楨和廣東水師提督關天培在香山縣縣城豐山書院內，針對林維喜事件商討對策。

「稟告林大人，」鄧廷楨説道，「根據《國際

法》，在英國，赴某國貿易，應遵守該國之法律，這已經成為慣例。而且，按照《大清律例》，凡在大清的土地上犯法，當然要遵守大清的法律，這宗案件應該由清政府來審判。英人水手鬧完事就跑回船上去，乃是於理不合，於法不容！」

關天培接着說道：「林大人，所謂國主不准引渡這次的犯人，此話究竟何解？英國女王在數萬里之外，事件發生多久了？試問義律如何把這次事件報告給女王，又如何接到命令？這顯然是狡辯之詞，義律庇匿兇夷，將其責任推給女王，那是自把自為，應當說是極其不忠。」

「這樣的人竟還說什麼『查出兇犯，亦擬誅死』，這話誰能相信？」鄧廷楨接過來分析說道，「所謂『該犯罪不發覺』，更是欺人之談。自此事件發生後，義律兩次親自前往尖沙嘴調查，如果無法查出罪犯，應當說他是個愚笨之徒！其實犯人已經查清楚，只是義律把他們私自關押在船中而已。看來，義律是有意跟大人作對的。」

「果真如此！」林則徐憤然說道，「義律此人，還真是不好對付。我跟他交過手，這個人心思縝密，從來不會做無緣無故的事，這次不肯交出疑犯，還親自到命案現場明查暗訪，定然有其陰謀，傳令下去，務必嚴加防範才是。」

林則徐早已看出洋人虎視眈眈，利用鴉片傾銷，一方面是為了賺錢，另一方面則是為了敲開大清國門，佔領泱泱中華。如今在我們大清國土上殺害平民，竟然還想包庇兇徒，這簡直是荒謬之事。

「殺人償命，中外所同。義律一天不把兇手交出來，我誓要追究到底！」林則徐堅決説道。

「但洋人狡詐，時時想報復林大人銷毀鴉片之仇，這趟不知道他們又想打什麼主意？大人，您看接下來該如何是好？」鄧廷楨問道。

「哼！」林則徐心裏冒火，大力一拍桌子，説道，「大清律法豈能容他們隨意踐踏！如果不引渡犯人，將根據庇匿犯人罪，問義律同罪，本大臣將不得不執法！」

林則徐的口氣是毫無商量餘地的，他所採取的措施，與沒收鴉片時所採取的辦法相同。回想當天到埗廣州，耳聞目睹，四處煙館林立，煙民趨之若鶩，個個吞雲吐霧，沉溺其中，情景歷歷在目。多年以來，中國人飽受鴉片毒害，最終導致的是白銀外流，國民精神萎靡、形同枯槁，身體質素嚴重下降，甚至連徵兵都成了難題。這些一切禍害之根源，全都是因鴉片而起。

「夷船不畏路遙，爭相前來貿易，其原因就

在於獲利豐厚。夷人的厚利從哪裏得來？從天朝子民身上來呀！夷人既獲厚利，則天朝子民就必有虧損。做人要講良心，可不能做從人家身上獲利又反以毒物害人家的缺德事呢！」

林則徐對鄧廷楨和關天培娓娓道出一番見解。

「大人所言甚是！」鄧廷楨立即回應道，「如此害人利己之作為，實在毫無任何國際道義可言！」

林則徐沉思了一會，又說：

「退一步說，即使夷人未必是有心害人，但因為主觀上太過貪利，客觀上已經造成了害人的事實，這種行為也是不允許的。聽說英國對鴉片的禁食極嚴，這說明了他們十分清楚鴉片是害人的毒品，英國既然不想讓該毒品禍害於他們本國，就應該同樣不能讓該毒品禍害於別國吧。正所謂己所不欲、勿施於人。再說，天朝輸運往外國的物品，全都是利人之物，利於食，利於用，且利於轉賣，樣樣都是百利而無一害的好東西啊！所謂業界良心，中國何曾輸出過一件半件為害外國的物品？天朝對於茶葉大黃、絲綢磁器等等寶貝，從來都是聽任其販運流通，絕不吝惜。沒有什麼特別的原因，一句話，無他，有利則與天下共享是也。」

「是呀，大人！」關天培滿臉憤慨地回應道，「所以大人這次禁煙之舉，乃是撥亂反正，以正壓邪。假若英人以此作為報復之理據，那只能說他們心懷不軌，別有居心，另有企圖！」

林則徐一手摸着鬍子，遙望遠方，眼神明亮，堅定有力，用低沉的聲音說道：

「如今英人違反國際法，實在不知好歹，不給他們一點教訓不可！傳令下去，禁止向英人供給一切食物食水，所有中國買辦、雜役退出商館，全數英國人撤出澳門，即時生效！」

二十　子債父償

「子債父償，父債子償，這是很正常的事情，根本沒有別的話可以說。」

亞三親自來到林家，問候病榻中的老爺。

「林伯，這筆錢你還是賴不掉。知道人家為什麼把你給告了？」亞三滿是關切的解釋着錢債之事。

老爺劇烈地咳嗽起來。奶奶只管閉着眼睛哭，不知道她哭了多久，哭腫的眼睛早已睜不開了。

「這麼一筆鉅款，你就是要把我林家的東西都給典當了也賠不出來啊！」老爺憤然回應道，「你要了我這條老命吧！」

奶奶的哭聲忽然又大起來了。

「林伯，」亞三接着說，「你是長輩，這個就得你頂上來，所以這個帳是你的，就算你死了，這個帳你林家的人也得要接住，這個意思你明白了吧？」

亞三將問題的核心說了一下，這事不是死了就可以解決的。

老爺愣了一下，一張滿是皺紋的臉龐瞬間充滿淚痕，他真的感覺到絕望了，喪子之痛，欠債之難，現在竟然死都不能死。

「林伯你也別傷感了，」亞三感慨地說，「這事呢，也算是不幸中的幸事了。」

「亞三這話怎麼說？」老爺眼裏閃着淚花問道。

「你們這個事呢，村長已經知道了。他也幫你們追究了，那些洋人自知犯了大錯，既內疚又遺憾。考慮到你們日後生計的問題，他們願意給你們撫恤金。」

這時，亞三拿出一個重甸甸的袋子放到桌子上。他拉一拉袋口，可見裏面裝滿了一枚又一枚的銀元，在屋內微弱的燈火下閃閃生輝。

奶奶睜一睜紅腫的眼睛，望了過來。

「其實這次不幸事件，雙方都有責任，當時的情況非常混亂，雙方都有打人，雙方都有人受傷，阿喜哥打人在先，最後不知是給誰碰撞了一下摔倒了，後腦撞到石墩上，就昏迷不醒了。」亞三頓了頓，哀嘆了一聲，搖了搖頭又說，「是個不幸的意外。一旦追究起來，吃虧的還是你們自己。」

老爺合上眼睛，皺着眉頭，捂着胸口又咳嗽了幾下。

亞三繼續說下去：

「念在你們只是平民百姓的份上，不忍看着你們這一家子為了這事活不下去，就替你們想好了，這裏一共是一千五百銀元，代表的是他們一個歉意，也是一個誠意。」

老爺看着桌子上的銀元，表情呆滯。

「至於香木那筆賠款，」亞三接着又說，「你們也不用擔心。」

「嗯？」老爺微微轉過頭來，虛弱地看着亞三。

「包在我身上吧！」亞三拍了拍自己的胸膛

説道。

「亞三，那是一筆大錢呀！」老爺説道。

亞三擠出一個笑容，自信地説：「林伯，我有辦法的，你放心吧。阿喜哥生前是我的好兄弟，你們林家的事，就是我的事。」

老爺顫微微地站起，走前按住亞三雙手，哽咽地説：「亞三，我一輩子都要欠你呀！我們林家一輩子都要欠你呀！」

奶奶緩緩地走過來，感動地望着亞三，哭着説道：「亞三，你是一等好人呀。患難見真情，我們不知道怎麼感謝你才足夠啊。嗚嗚——」

亞三攙扶着奶奶，搖頭微笑道：「別見外。只要錢能解決的問題就不是問題了。」便從身上掏出一張大紙，放在桌子上，轉對老爺説：「林伯，收下這筆錢，在這裏簽個字，所有事情就馬上解決了。」

老爺看了看，那是一份承諾書。

亞三在旁説道：「也就是説，從現在開始，這筆錢已經不用你們賠了。不僅不用你們賠錢了，而且還給你們發撫恤金。林伯，你這把年紀不能太勞

累了，你要好好保重身體。拿着這筆錢，一切很快又恢復到了以前的樣子，除了家裏少了個人。」

最後，就在亞三和奶奶的見證下，老爺抓起筆，用顫抖的手簽下了自己的名字。

立遵依人林伏超，妻張氏，女維歡親人等，緣因兒子維喜在於九龍貿易生意，於五月二十七日出外村運送香木而回，由官涌經過，被夷人身挨失足跌地，撞石斃命。此安於天命，不關夷人之事。林伏超夫妻甘心向夷人哀求，幸夷人心行惻隱，幫回喪費銀些少予伏超夫妻並親人等，搬兒子維喜回家，殯葬安息。此乃二家允肯情願，日後伏超夫妻女兒等不得生端，圖賴夷人，各表良心。恐口無憑，故立遵依一紙與夷人收執存照。

道光十九年六月二日
立遵依人男林伏超

二十一　此情可待

林家大屋前小徑兩旁的杜鵑花苞，哪曉得是昨晚一陣提早來的狂風，吹得東歪西倒。

善芳在牀上病了足足半個月了，不曉得有多少個夜晚她總做着惡夢，好久腦子才清醒過來。之後她一直茶飯不思，神不守舍，一碗飯總要剩下半碗來。

奶奶的嘴臉變得好難看，家裏充斥着令人窒息的沉默。一天，奶奶看着飯桌上的一張空椅子，一時又悲從中來，便對善芳說：

「你住在我們家，吃我們的喝我們的，從前還罷了，添個人不過添雙筷子，現在你去打聽打聽看，米是什麼價錢？」

善芳心裏酸楚，説不出話來。她意識到，可憐她在這個家連一個訴苦的人都沒有，連維歡也少説話了，善芳感到自己已陷入了孤軍作戰的境地，便一逕進房裏去，不想再出來見人了。

那天以後，就是吃飯的時候了，也沒看見她上過桌子，差不多總是等兩老都吃完了，然後再胡亂吃些餘菜剩飯。她很少出房門，偶爾探頭探腦地走到客廳來倒杯茶，如果有人回來，便會馬上慌慌張張繞過走廊縮回去。善芳本來就是個安靜人，現在一句話也沒得了，只管默默地做着家務，把衣裳一件一件的晾在竹杆上，又默默地把衣裳一件一件的疊好，房裏很靜，只有她抖衣服的窸窣聲。

一天，她又心不在焉地做着飯菜，一不留神把鍋給弄翻了，滾燙的開水濺出來，哐哐啷啷的一陣巨響。她只覺得手上很疼，抬起來一看，細瘦的手腕處燎起了一個大水泡。她愣愣地看着那個水泡，還有滿地的狼藉，彷彿失去了所有力氣，抱着受傷的手，對着空氣一遍遍地呼喊：

「維喜，維喜，你在哪兒？你回來呀！你回來呀！」

那一天，維喜甚至不顧生意了，就帶着善芳擠

到人堆裏去看花燈。

兩人站在橋上，橋下是一盞盞盛開在水中的荷花燈。善芳這才注意到，河中一朵朵緋紅的荷花燈，托盤是一片薄木板染的荷葉，花瓣用的是絲綢，層層疊疊，露出包含其中的燈芯。一朵一朵，順着水流靜靜地流淌，緩緩地消失在遠方。

「嘿！看到那個嗎？」維喜指着其中一盞花燈喊道，「去！去看看！」

兩人走到水邊，善芳俯身拾起維喜指着的那一盞花燈，花瓣上密密麻麻寫滿了經文。

「這是什麼？」善芳問道。

「人家説放花燈時，上面寫些祝福的經文，隨着水飄到天邊去，被神仙撿到了就會祝福那人的。」維喜笑嘻嘻地回答道。

「這是什麼經文，我都看不懂？」善芳指着花瓣上的符號，奇怪地問道。

「這是我請得道高僧寫的，」維喜咧嘴一笑，説道，「妳看這兒，是梵文寫的妳的名字，等神仙撿到了，會以為是妳寫的，所有的祝福就都會給妳。」

「祝福都給我，那你怎麼辦？」善芳嗔笑道。

維喜撓頭，說道：「我是男人，生得比妳健壯得多。我能出什麼事？不需要，只要善芳平安就好。」

「你不自量力呀！」善芳俏臉一紅，捶了捶維喜的胸膛。

維喜呵呵笑了幾聲，說道：「快把燈放回去吧，否則神仙撿不到了。」

兩人歡歡喜喜的又走進了人堆。沿路的人群興高采烈，善芳被熱鬧的氣氛感染，跟着隊伍遊了好幾條街。

「很好看！」她笑着對維喜說。

果不其然，這是個頗具特色的傳統燈會。路邊的小攤上有不少傳統的小玩意，捏泥人的、吹糖的，還有紮草繩裝飾品的，雖然看起來不怎麼精緻，但也是別具趣味，讓善芳眼睛放光，似乎回到了小時候，想到了曾經美好的童年時光。

「我的寶貝笑起來傻得很。」維喜瞇着眼睛，笑着摸摸善芳的臉頰，「妳開心就好。」

善芳嫣然一笑，愜意無比。

兩人踩着夜路回家的時候，路上行人漸無，維喜就向善芳側側臉，用手指點點自己的臉頰。善芳收到指示，就親了他一下。

走了幾步，維喜又側側臉，她又親了親他。

「你愈來愈大膽啊！」善芳嗔笑道。

「我沒辦法，善芳可人疼。」維喜笑嘻嘻地說，「我恨不得把妳變成一個小人，貼着我的胸口放着到處跑，一刻都不放開。」

「傻瓜！」

善芳一句嬌羞的嗔罵和臉上那抹撩人的淺笑，瞬間把維喜的心融化了。

這時，維喜一把牽住了善芳的手，含情脈脈地對她說：

「嫁給我！」

善芳感到自己的心跳沒理由的加快了，微側過臉看向別處，揚起的唇角含有幾分羞澀的笑意。

「嗯？」 維喜走前一步，不由自主伸手捧着善芳的臉頰，溫柔地望進她深邃的雙眸裏。

善芳還不知如何回應，忸怩地「嗯」了一聲，就落入了維喜寬闊的胸懷。維喜輕輕地摟住善芳，什麼話也說不出來， 一絲絲狂喜漸漸自他瞳眸中浮生。

昨晚還是冷得很，今夜的天氣卻是出奇的好，連月色也是暖暖的，灑落在兩人的身上。維喜一聲聲輕喃着自己的名字，善芳不知道自己此刻在想什麼，周圍的一切全然看不見，卻十分清楚地感到維喜砰然的心跳，同時也感到自己砰然的心跳。這個時候，維喜低首緩緩朝她吻去，她雙眼微合，不知該如何是好，便感到雙唇已貼上了維喜的柔軟和溫度。

「哎喲！」

就在兩人嘴唇觸碰的那一刻，善芳喊了一聲。

「怎麼了？」維喜睜眼望着善芳。

「有蚊子啊。」善芳提手一看，只見手腕已紅了一塊。她伸手去抓，撅起嘴巴嬌嗔地說，「好癢啊。」

維喜啼笑皆非，吁了吁氣，捧住善芳的手，在她的手腕上輕輕一吻。

「不癢了吧？」

維喜朗笑了幾聲，露出他那獨有的童稚般的笑顏。

看着自己手腕上的傷疤，眼眶早已沾滿了淚水。

此情可待成追憶，只是當時已惘然。

當溫暖從腦海穿過，酸楚卻從心底湧出。善芳深刻地感到，幸福已和她隔了很遠、很遠，那是一個她永遠都觸碰不到的遙遠。

這看來已是一個塵埃落定的結局。

二十二 走投無路

一個霧氣好大的晚上，善芳獨自走到官涌山上的燈塔前，塔頂吐出一團團的藍光，在夜霧裏閃着淡藍色的光輝。善芳站在堤端，展現在她面前，是一片邃黑的海水，迷迷漫漫，接上無邊無涯的夜空，海浪扎實而沉重地打在堤岸上，善芳覺得窩在她心中那股焦慮，像千萬隻蛾子在啃食着她的肺腑，她臉上的冷汗，一滴一滴，流到她頸脖上。

人家都開口了，她還有臉賴下去嗎？內心鬱結難紓，她嗚嗚咽咽地又哭了起來。

眼前朦朦朧朧，善芳站在崖邊，恍恍惚惚，一輩子，這一次她真的萌了短見，她告訴自己，只要縱身一跳，所有的痛苦都會結束的了，她合上眼睛，搖搖欲墜，就在千鈞一髮間，維歡及時趕來，

一手把她抓住。

「我受不了，妳放了我吧！」善芳帶着哭聲喊了出來，「我想死呀！」

「嫂子，妳不要做傻事呀！」維歡激動地說。

「維喜都死了，林家這口飯我是吃不下去的了！」善芳哭得更厲害，「早就知道人家多嫌着我，就只差明說。今兒當面鑼，對面鼓，發過話了，我可沒有臉再住下去了！」

「嫂子，人死不能復生，妳得看開點，不要把媽的話放在心裏，她不過是一時之氣說了些過頭話，沒事的。」維歡連番安慰道。

「維歡，妳不明白的，我——」善芳欲語還休，最後還是把說話吞下，然後大力一甩，跳進海裏去了！

維歡驚慌之餘，腦海一片混亂，只管張口大叫：

「救命呀！救命呀！」

風雲變色，海面傳來一聲沉悶的號角聲。

濃霧中隱約見到戰艦的輪廓，船家早已收到風聲，紛紛回港暫避風頭。消息很快傳開了，英人義律包庇罪犯，堅決不肯交出兇徒，卻自行在船上審訊，輕判罰款了事。林則徐震怒了，於是下令禁止與英人的一切貿易，並把他們從澳門驅逐出境，斷水斷糧。英國商人帶着婦女兒童好幾百人撤回到船上，要開始過海上生活了。這一次比在廣州受圍時的情況更糟，在廣州，只是男人遭到圍困，在澳門，家屬也面臨着同樣艱難的局面，這令船上許多人感到膽怯，因為人多，食物、食水很快就會用完。

由於得不到食物而產生的仇恨是可怕的，義律終於按捺不住，率領英艦四艘，以買食為名，駛入九龍灣海面。他絲毫沒有返回英國的念頭，而是在香港一帶等待時機，等待英國軍艦開過來。林則徐也毫不鬆懈，他調動了大清艦隊進駐香港，封鎖海岸，嚴陣以待。一隊清兵浩浩蕩蕩地邁進尖沙嘴村，向着官涌山炮台的方向走去，同時又向沿海村民發出了命令，禁止給英國人提供食物食水，阻止他們登岸。

雙方劍拔弩張，如箭在弦，空氣中彷彿已嗅到硝藥的味道了。

二十三 逢凶化吉

這一陣子，奶奶整天咧開嘴笑得像個小孩似的，青白的臉上都泛起一層紅光來，真是什麼事都替善芳想得周周全全，墊褥薄了，就拿自己的墊子來替她補上；帳子破了洞，就仔仔細細的替她補好。

「有喜了？」

「那是大夫把脈時發現的。」

「都快斷氣了，幸好能救回來，真是不幸中之大幸啊！」

「那不就是個遺腹子？」

「死過翻生，必有後福呀！」

村民交頭接耳，善芳懷孕的消息很快傳開去了。

聽維歡講，奶奶一直無法接受兒子慘死的巨大悲痛，好幾次想到輕生，但都被老爺勸住了。然而，奶奶又是以什麼樣的勇氣和力量生存到現在呢？毫無疑問，是善芳，是善芳給了她再生的勇氣和力量，很快，一個新生嬰兒將要降臨，這無疑會給老兩口帶來了生活的希望和精神上的慰藉。

大姑媽説過善芳這種人身上有煞氣，一定要賤養，可是現在她懷的是兒子的骨肉，奶奶又怎能對她有半點刻薄呢？之前善芳落了水，得了傷寒，第二天起來時發了燒，頭昏沉沉，渾身發熱，奶奶便親自為她煲薑茶、熬中藥。大夫説善芳身子虛弱，善芳胃口不好，奶奶為了讓她多吃一些東西，又給她熬糖粥，糖粥裏面還加了薏米，因為薏米能增強食慾，但是薏米微寒，孕婦慎食，奶奶又加進赤豆沙，因為赤豆沙溫和滋陰，中和了薏米的寒性。食用後再給她一杯麥冬茶，不僅飽腹，又可以起到調理身體機能的功效。

這一天吃飯的時候，老爺樂呵呵地摸着稀疏的鬍子説道：「好，好，我們家要添丁了。」老爺早在得知喜訊的那一刻就咧嘴而笑，此時不斷地往善芳碗裏挾菜，説：「媳婦，妳吃！多吃多長，給我

們林家生一個胖乎乎的娃兒！」

奶奶握着善芳的手，關切地說：「自從維喜走了以後，妳的身體就沒有好過，妳不曉得我們有多擔心。多虧祖宗在天之靈，神佛保佑，總算不讓我們林家絕後，妳現在什麼都不用去想，好好的養胎就是。」

善芳說話極少，往往別人說上十句，她才勉強應上一句罷了。一個月下來，雖然得到奶奶和老爺的照顧，可她的身體反而愈發的虛弱，整個人瘦了好些，兩頰窩進去了，在燭光下，竟會顯出凹凹的暗影，整日不就是病怏怏的躺在牀上，只是發呆，倒是很少流淚，可這副樣子，卻比哭泣更令人心酸。

維歡來看善芳，見善芳滿懷愁緒心結難解，不免也勸慰一番。善芳勉強振作起精神應付幾句，待維歡走後，又恢復了沉默，依舊是一天都不說幾句話。奶奶看在眼底，急在心底，背地裏不知抹了幾次眼淚。

大夫前來替善芳做了檢查。奶奶和大夫念念叨叨了好一會兒，就聽到大夫語帶警告地說道：

「她這種情況怎麼能不好好保重身體呢？胎有點不穩了，以後一定要多加注意，三餐按時吃是最

起碼的，以後可不能這樣了。」

大姑媽得知情況，沉默了片刻，一改往日的冷凝嚴肅，很是溫和的安撫了善芳一通，勸道：

「善芳，妳好歹吃點東西，上次的事是我對妳不起，可是，妳不能這樣折磨自己。不為自己着想，也要為肚子裏的——」

善芳木無表情，乖乖地聽訓。

大姑媽轉身出去，沒多久，就給善芳端了一份飯菜進來。

那是簡單的家常菜，清炒蓮藕和木耳肉片。善芳看得出來，確實做得很用心，每一塊蓮藕和肉片都切得厚薄均勻，色香俱全。

嘗了下，味道也不錯。

善芳抬起頭，感謝大姑媽說道：「很好吃。」

她心知肚明，對於處於極度悲傷中的老兩口來說，她腹中的一塊肉，是公婆生活下去的唯一希望。作為一個孤兒，她已走投無路，這個家大概就是她唯一的退路。為了延續林家的香火，為了給林家留下一根半苗，她也得要挺住，好好的振作下

去。始終大難不死，必有後福，這話準沒錯，上天該不會愚弄她這個可憐的女人的呀，維喜在天之靈也一定會好好的保佑着她的啊。

想到這裏，她坦然地笑了。

日子一天一天的過去了，秋風是一天比一天涼，看看將近初冬，善芳整天的靠着火，也需穿上棉襖了。她的臉頰明顯地又鼓起來，紅潤起來了。奶奶和老爺這才鬆了口氣，露出幾分真心實意的溫暖笑容來。

二十四 午夜夢迴

大概有一個月的光景，善芳還是睡得很不舒服，夜裏好像特別長，一忽兒聽到屋簷上的貓子在打架，一忽兒聽到牆洞裏的耗子在搶東西吃，吵得好心煩，也不曉得幾更幾鼓她才矇矇矓矓合上眼睛睡去。

一晚，善芳「哇」的一聲又從夢中驚醒，維歡趕過來看，發覺她臉色灰敗，兩眼通紅，連忙問她怎麼了。善芳瞪着維歡直搖頭，眼珠子怔怔的，好像不認得維歡似的，一忽兒咧咧嘴，一忽兒搖搖頭，一臉抽動得好難看。

維歡倒了杯茶過來，安慰着善芳説道：「嫂子，妳又怎麼了？大夫不是説胎很穩嗎？妳還擔心些什麼？」

善芳呷了一口茶，嘴巴一張一張，搖頭說道：「維歡，妳明天陪我去把這肚子裏那塊東西打掉！」

維歡不由得怔住了，她坐到善芳前，默默的端詳着她，看見善芳那雙眸子裏藏了太多的情緒，之前的明亮變得深邃，好像一隻剛賴抱的母雞準備和偷牠雞蛋的人拚命了似的。幻想着一隻已經成了形的人胎給打了下來的恐怖模樣，維歡不由得整個人顫了顫，扯了扯脖子，認真地說道：「妳在說什麼？妳懷的可是我們林家九代單傳的骨肉，妳別做傻事啊！」

善芳紅着眼皮，握住維歡的手說：「維歡，我好怕，我好怕呀，妳知道嗎？我真的活不下去了！」

「妳怕什麼？」維歡感覺到她的手在隱隱發抖。看她表情愈發的奇怪，眼神也愈發的恐慌，維歡迫切地想要知道她到底在想什麼。

「嫂子呀，妳到底在疑神疑鬼些什麼呢？有什麼事不能跟我傾訴，非得把人悶死在葫蘆裏才成嗎？非得把人折磨瘋了才成嗎？」

善芳囁嚅着不知說了點什麼，嘴巴一張一張，咿咿嗚嗚半天也迸不出一句話來。

維歡困惑地問道：「妳之前受了很大的打擊，這個我知道、知道，我們林家是虧欠了你的。但一切都已經過去了，妳就別想太多了。」

善芳咬着嘴唇，又深吸一口氣，然後說：「維歡，妳是我唯一能相信的人，我要跟妳講一件事，妳哥哥死前的那個晚上——」說到這裏就咽住了。

維歡拍拍善芳的手背，用安撫的口吻說：「嫂子，一人計短，兩人計長，妳有哪些想不通的事情，儘管開口跟我說，總比憋在心裏好呀。」

善芳沉默了一會。良久，她終於把憋在心裏的委屈都說出來了。那個晚上，那場揮之不去的夢魘。如今，隨着時間的流逝，那份鮮明刻骨的痛楚，被深深的壓到了心底，只要輕輕一碰便又鮮血淋漓的痛起來了。善芳神態幽幽，按着那微微隆起的肚子，一臉抽搐着，白得像張紙一樣。

「我可沒有臉再活下去了！」善芳猛搖着頭說道。

維歡愣了愣，有些不知所措，一時也不知該說些什麼合適的話，只得像安慰小孩似的輕撫善芳的後背。善芳乖順的伏向維歡懷裏，想要汲取一點溫暖，然而，漸漸地，她的雙肩開始抖動，愈抖愈厲害。

維歡不安地輕聲喚着：

「嫂子，不用怕、不用怕——」

善芳再也承受不住，哇的一聲在她懷裏哭開了。

「都是我不好，我不好——」

淚水一串串地流下來，哭得肩膀發抖，身體蜷縮成小小的一團。

維歡也掉下淚來，着急道：「怎麼能怪妳自己呢？別胡思亂想了。冬至快到了，我們該去給觀音菩薩燒香了。我們明天去拜拜觀音，觀音大士必定會保佑我們的。」

善芳汪滿了淚光的眸子閃爍了幾下，神色和緩了一些，眼神卻是空空洞洞，惶恐又無助。

二十五　心誠則靈

村子裏這座古樸的觀音廟，據説有上百年歷史了，中途修繕過幾次，但依舊擋不住歲月和風雨的侵蝕，破落處處，屋頂上瓦片殘缺，參差的屋簷，縫中長出了一撮撮的野草來。

廟內，觀音像倒是建得栩栩如生，聖像上金粉已經掉落不少，露出了黃色的土坯，即使是這樣，菩薩微睜着雙眼，目視遠方，好像能看穿一切的人情世情。

維歡拉着善芳，把帶來的水果鮮花供在觀音像前，便虔誠的跪在蒲團上，給觀音磕了幾個頭，然後站起點燃了香，鄭重地插到前方的香爐之中。她再回來跪在觀音像前，雙手合十，口中喃喃：

「大慈大悲的觀世音菩薩，林維歡帶着趙善芳來跪拜您了。願您保佑我們林家上下和和氣氣、平平安安，保佑善芳姐大步躐過、吉人天相。」

善芳跟着也插了香，跪在觀音像前，雙手合十，閉上眼睛，三跪九拜，五體投地，默默念禱，心誠至極。維歡起身時，善芳仍在閉眼祈願，口中喃喃。過了一會，她才睜開眼睛，磕了三個頭，緩緩站起，心情看來舒坦了許多。

「嫂子，我們去搖籤文吧，」維歡忽發奇想，說道，「聽說這個廟很靈的，妳在這裏求支籤吧。」說完也不管善芳了，大步朝搖籤文的地方走去。

善芳抬步跟了上去，維歡已把籤筒遞上：

「嫂子，搖一下。」

「不了，妳搖吧。」善芳心裏有點猶豫。

「妳來搖。」維歡將竹筒遞給她，「難得來了，就求一支觀音靈籤，指點一下迷津。」

善芳面色閃過一絲無奈，緊接着動手搖了幾下，一根竹籤落在地上。

維歡撿起來看，面色一喜：「嫂子，是中籤，

不錯啊。」

兩人來到偏殿，解籤的老叟正為一個老婦解籤。只見老婦滿眼淚光，一臉淒酸。

「嗚嗚——，天理何在？天理何在呀？哪有這麼狠心的兒子？哪有這麼忤逆的兒子？! 嗚嗚——」

「一切都是自作自受。」老叟不徐不疾地說道。

「嗚嗚——」老婦哭得一塌糊塗，「自作自受？誰把他們生下來的？! 誰把他們帶大的？! 養兒防老？靠不住啊！靠不住啊！嗚嗚——」

「種瓜得瓜，種豆得豆。」老叟一臉平和地說道，「一粒米的成長必須經過播種、灌溉、除草、施肥，才能有所收成。人，又怎能例外？做父母的要付出多少心血，歷經多少心酸，才能把子女拉拔長大？養不教，誰之過？」

老婦怔了怔，呆呆地看着老叟。

「有因就有果，有果必有因，一切都是因果。阿彌陀佛。」

老叟只丟給了老婦這句話，便又開始念佛了，留下了老婦茫然地望着空氣。

婦人傷心離去。維歡隨即拉着善芳上前，把籤遞給老叟。

「師傅，這支籤什麼意思啊？」維歡禮貌地問道。

老叟看看籤文。詩曰：「勸君耐守舊生涯，把定身心莫聽邪；直待有人輕着力，滿園枯木再開花。」

「師傅，您看我這位嫂子最近一直不太順利，您看有沒有什麼方法讓她逢凶化吉，遠離霉運？」維歡又問道。

老叟看了善芳一眼，沉思了半晌道：

「施主，一切隨緣就好，凡事不必強求。君之今宜靜，不宜動。動則凶，靜則吉。若心地寬暢，自有紓緩之道，只要固守本分、一心向善，凡事盡心自律、必有機緣到時，雨過天晴之日。」

「師傅，那是好是壞呀？」善芳焦急起來，插了一句。

看了看善芳隆起的肚子，老叟停頓了片刻又道：

「一切吉凶禍福，皆由人自招。從古到今善為

本，悟道修行了此生。孩子都是命中注定，趕快去供養三寶，給自己和未來的孩子種種福田吧。」

善芳似明非明，不假思索便說：「好的，師傅，我們捐點香油錢來修繕廟宇和佛像吧。」隨即從懷裏掏出幾枚銅錢，放進香油箱裏。

「善哉！善哉！」老叟合十說道。

善芳站起，走了幾步，卻又止住，轉過身，從頭髮上摘下她那根蓮花金簪來，遞給老叟，說道：

「師傅，這一根簪是我身上最貴重的東西，一直跟着我寸步不離。貴廟年久失修，就當是小女子的小小敬意，用來修繕修繕廟堂，希望您能笑納。」

老叟接過金簪，合掌胸前，說道：「施主慷慨捐贈，功德無量，觀音菩薩保佑施主福壽安康。」

兩人從廟中出來，善芳還是滿懷心事。

維歡對善芳說：「嫂子，妳這次幫忙修繕廟宇，乃是行善積德呀，天上的菩薩一定會保佑妳的。」

聞聽此言，善芳不由得就覺得心裏踏實了許多。她下意識地按一按肚子，在心裏勾勒一個承繼

她和維喜血脈的孩子，設想他由一個小人兒逐漸長大，她就不由地激動和嚮往。從這天開始，孩子於她變成了一個充滿期待的夢想。

二十六　喜慶團圓

村頭村尾各處劈哩啪啦的一直熱鬧地響着，迎新送舊的鞭炮聲簡直要將整條村莊淹沒了。

爆竹聲後，碎紅滿地，滿街瑞氣。轉眼，春暖花開的時節又到了，整條村子都陷入了喜氣洋洋的氛圍裏。

這時的善芳已是腹大便便，臨盆在即。她的臉頰更加鼓漲，臉色更加紅潤，整個腰身也比以前粗了一圈了。她的房間除了掛滿春聯，還擺放了一個竹搖籃，還有一大堆包被、毛衫兒、尿布圍褲等嬰兒衣物，全都是奶奶大費周章地替善芳添置回來的。

老爺覺得這是一樁家門大事，大手一揮決定，

林家便擺起酒席，宴請村民鄉里，同歡共樂。從臘月二十六開始，奶奶就開始在灶房裏忙活起來了，她在灶頭上貼上新的灶公像，指望着灶君把吉祥帶到家裏，又在米缸貼上利市紙，預兆着新一年大米滿缸，福壽康寧。然後一整天都在忙着炒花生炒瓜子蒸年糕燉肉湯，香氣隨着嫋嫋炊煙四散，鍋鏟聲、油爆聲，夾着一陣陣斷續的人語喧笑，好像在把過去一年的不快加緊催走，預備去迎接新的開始。

「今天的飯我來做。」

「外邊冷，妳多穿點。」

奶奶早已吩咐，粗活不用善芳沾手。

鄰居進進出出，賀喜的人把林家的門檻都踩平了。大家歡聲笑語，都説善芳肚子尖尖，肯定是個男娃兒了，逗得奶奶呵呵大笑。

「她前陣子老想吃酸，我心裏就懷疑。吃酸好！酸男辣女，這回善芳準給我們林家添個大胖丁！」

太陽慢慢地偏了西，終於是一面大銅鑼掛在西邊的柳樹林子梢上，那黃色的光彩，斜照着大地。草木和牆屋，全裝上了淡淡的金。村子外一條

水溝，倒映着天上的紅色雲塊，還有早起的半輪月亮，和北面的一帶小山，偶然，四五隻水鴉悠然地掠空而過。一切一切，彷彿籠罩在一種似有似無的煙霧裏。

除夕那天，老爺在自家院子裏燃起了一堆柴火，説是祈求來年人畜兩旺，豐衣足食。林家的燈火提早亮了起來，煙窗冒起了炊煙。灶房裏煮下兩大鍋飯，屋簷下拋着已經宰割還沒有去毛的幾隻雞鴨，掛在牆釘上的幾串鹹魚鹹肉。奶奶和維歡幾個人忙得天昏地暗，燒火的燒火、辦菜的辦菜，不到一小時，大盆小碗，紛紛地從灶房裏端了出來，送到飯廳去。

一家圍着團圓，幾個姑姐扶老攜幼的到來，大姑媽當然也請過來了，一眾親朋把大廳擠得水泄不通。大腹便便的善芳在維歡的攙扶下，在花梨木的圓桌旁坐下。

老爺先給每人蒸一碗蛋，那是用兩隻雞蛋配好油鹽醬醋加開水調成，然後放進旺火的鍋裏蒸幾分鐘就做成了。老爺向大家祝福，説蒸蛋意味着來年子孫興旺，生活蒸蒸日上，事業蓬勃發展。

眾人互相祝賀一番後，奶奶端上了頭一道花膠燉雞，大瓷碗裏盛着熱氣騰騰的一隻大肥母雞，維歡跳了起來走到善芳背後，直推着她嚷道：

「嫂子，快點多吃點，阿媽燉雞來補妳了。」

善芳的嘴角微微勾起一絲微笑道：「謝謝奶奶。」心裏頭一陣感激，彷彿有千言萬語，不知從何說起，看了看桌上的鮮魚大蝦、臘腸臘肉、紅燒鴨、煮青菜四大盤，還有一碗雞湯，一碗燉雞蛋。一隻大缽子，盛了一大缽子白米飯，筷子、瓷勺、飯碗在上面擺着現成，心裏那股熱氣只管向眼睛裏衝上來。

如此的寵愛，卻讓她感到很不自在。

一家老少圍在一年難得見的豐盛餐桌旁，品味佳餚，享受着一年辛勞的果實，其樂融融。桌上歡聲笑語，屋外的爆仗噼噼啪啪地響。

席上老爺不顧年老，幾杯老酒下肚，喝得滿面紅光，煞有介事地走到亞三面前，緊緊握着亞三的手，一臉感激地說：

「亞三，多謝你呀！多謝你呀！」

亞三只管笑着，眼光向着維歡那邊看去。

「天哪！我的腰啊！」大姑媽忽然喊了一聲。

「大姐，妳怎麼了？」奶奶關心地問道。

「哎喲，這副老骨頭，坐久了，那股痠麻簡直要人命！」大姑媽用雙手按住腰背，往後拉扯身子一下。

奶奶連忙吩咐維歡：「維歡，快把藥油拿過來，給大姑媽敷一下。」

「我——」維歡瞪着眼睛，不懂回應。

「我來，我來，我去拿——」亞三接過來應道。

「不用了。」大姑媽説道，「拉一拉就行。」便高舉雙手，挺起身子，伸展伸展。

「那維歡，」奶奶連忙又説，「把我那兒的新茶葉拿出來，給大姑媽泡一碗，綠洋鐵筒子裏的是善芳帶來的龍井，高罐兒裏的是碧螺春，別弄錯了。」

「哦。」

維歡起身走去，不多久就泡了一壺茶回來。

「大姑媽喝茶。」

大家一時又起哄，説要為林家的長子嫡孫取個吉祥的名字，維歡問善芳可有什麼主意，善芳摸着

鼓脹的肚皮想了想說：

「女娃的話，叫阿香。男娃的話，叫阿港。阿香嘛，像我們家的土沉香，芳香四溢。阿港嘛，像我們這個美麗的港口，繁榮興旺。」

「林香，林港，好聽！好名字，有意思，真好！」維歡樂得拍着手說。

大姑媽卻插嘴道：「不好聽不好聽！」

「怎麼了？我覺得挺不錯啊！」維歡說道。

「啊，不行，不行，這算什麼啊？這一聽就不是好的名字。」大姑媽又說。

「那大姑媽取吧！」善芳說道。

大姑媽想了想便說：「叫『福壽』好，多福多壽！」

眾人各自提出主意，七嘴八舌了一會兒，最後，善芳轉向老爺奶奶問道：

「老爺奶奶，您們來作主吧。」

奶奶呵呵笑道：「大姑媽說的好，叫福壽吧！

總之孩子出生以後，白白胖胖、健健康康，為我們林家添福添壽就好。」

大家都笑了，笑聲充滿了廳堂，笑聲也為各人帶來了希望。一到夜裏，五顏六色的間或帶着哨聲的煙火將村莊的夜空映照得絢麗多姿。

二十七　早誕麟兒

時入夜深，屋子外面，四周全昏黑着，天空冒出了幾顆星點。善芳竟提早動了胎氣，林家連忙把六姑請來，六姑是村內唯一的執媽，她一進來，各人就手忙腳亂了，只聽見她一下又是燒熱水，一下又是拿剪刀，從不叫苦的善芳，此時也蒼白着臉，額頭直冒汗，極力咬着唇忍耐着。

只見善芳漸漸合上眼睛，呻吟聲已經快聽不到了，奶奶一急，連忙說：「可千萬不能讓善芳睡着了，快點弄醒她！快！」

看到善芳幾近休克的狀態，六姑果斷地拿出針子，一針下去，善芳的聲音大了起來。

「善芳，你可得撐住了，孩子馬上就要出來

了！」六姑急忙的説，又誘導着她做喘氣呼吸：

「呼、呼、呵、呵——。妳做得很好，可以看到娃兒的頭了，再用點力就生下來了，大一點使勁，對，娃兒快出來了！」

一屋都是善芳撕心裂肺的叫聲。

經過一整夜的折騰，善芳痛得一臉扭曲，最後，「哇！」一陣宏亮的嬰兒哭聲傳出來了。

「生了！生了！是個男娃呀！」六姑接過嬰兒，歡喜地叫道，「總算母子平安了。」

廳外，奶奶、老爺和大姑媽都鬆了一口氣。善芳卻因累過頭了，孩子一落地，她就暈了過去。

「我當嫲嫲了，我有孫子了！」奶奶一臉興奮，眉開眼笑。

「恭喜！恭喜！是個大胖娃仔呀。」六姑呵呵笑的抱着娃兒出來。

「真是謝天謝地，我們林家有後了。」

老爺這會兒可是喜得眉飛色舞，對維歡吩咐道：「紅雞蛋準備好了嗎？」

「準備好了，我先拿過來，明天就去四處分發。」維歡興奮莫名，説罷便轉身向屋外走去。

大姑媽不忙叮囑老爺要趕快去祖宅上香，反正事多得很。她掏出準備好的大紅包，和奶奶老爺湊上前看，這時六姑卻臉色一沉，「啊」的一聲叫了出來。

「哎唷，怎麼會這樣的？」

幾個人低頭俯身，細看着六姑懷裏的娃兒，一臉奇怪，再看，一臉疑惑，再看看，一臉惶恐。

怎麼會是這樣的？

善芳才剛剛恢復一點元氣，虛弱地睜開眼睛，就見老爺和奶奶斜睨着自己，臉上顯出了鄙夷的神色來。她的心裏像小鹿撞胸，一陣亂跳，她日夜懼怕的事始終到來了。大姑媽的臉板得鐵青，氣得指着善芳直發抖道：「賤人！」便撩起巴掌朝善芳臉上一個耳光甩了過去。

善芳雪白的肌膚立即浮現出五指印。房門外有人鬼鬼祟祟探進一個頭，然後很快就消失了。看着好是淒慘，沒有人見過這麼兇的大姑媽。她走了兩步又回頭惡狠狠的瞪着善芳。

嬰兒洪亮的哭聲充斥在整個大屋裏。

維歡端着一盤筲箕染紅了的雞蛋回來，看到如此情景，瞠目結舌，雙手一顫，一整盤紅雞蛋全都掉到地上去了。

二十八 閉門會議

大年初一，舉目四望，村莊上家家戶戶大門都貼滿了春聯，到處一派新桃換舊符的喜慶氣氛。鄉村裏此起彼落、遠遠近近的鞭炮聲仍在霹靂霹靂的響個不停，炸碎的鞭炮紙屑撒滿一地，頑皮的村童大膽的就去撿地上還沒炸完的零星鞭炮燃放，「砰」的一聲，把路過的大媽嚇得半死。

林家大門貼上了吉祥的春聯，卻是牢牢的給鎖着。前來賀年的鄰里都給一一請回去了。大家都在竊竊私語，前一晚這扇門內還是人聲鼎沸，喜氣洋洋，為什麼過了一夜突然變得如此冷清，鴉雀無聲？

細聽之下，屋子裏在激烈地討論着什麼似的。

老爺在大廳裏踱來踱去，緊緊握着拳頭，手背上的青筋都現了出來，踱到客廳正中，立在那兒，呆呆地看了看掛着的中堂「天宮賜福」四個大字，然後坐下來，拍了一下桌子喝道：

「怎會生下這個野種？難道要我們讓人家笑掉了牙齒不成？」

「天呀！」奶奶一整天都在長嗟短嘆，跺地捶胸，「家門不幸啊！家門不幸啊！竟然和別的男人不清不楚，懷了別的男人的孩子還想要栽贓到我們頭上！我家維喜真是死不瞑目呀！」

「真下賤！骯髒！」大姑媽猛搖着頭説道，「名節對一個女人來説，有多重要！真不知羞恥，道德敗壞，我們的臉都被她丟盡了！」

空氣重得很，壓得人要喘氣了。

「真的做夢也沒想到，像她那麼乖巧的人，居然會做出這種事？」一個小姑忍不住發言了，只是這語氣未免讓人聽得刻薄。

「餓死是小，失節是大呀！」隨即卻有人附和。

另一個小姑嘴巴撇了撇，嘲諷道：「她是什麼時候跟洋鬼子搞上的？」

「真不守婦道！太丟臉了！」

「維喜才走了多久，竟然守不住寡，招蜂引蝶，毫無廉恥！這種女人乾脆拿去浸豬籠吧！」

「她不就長得好看點嗎，要嘛毀了她張臉，看她還拿什麼去勾引男人！」

幾個親戚七嘴八舌，愈講愈難聽。

老爺簡直暴跳如雷，氣得指頭發顫。

這個時候，大姑媽眉頭一揚，咳嗽一聲，清一下喉嚨問道：

「我們現在該怎麼處置這個孩子？」

「把她趕走！」老爺哼了一聲罵道：「我不要再見到她！林家沒這種人！」

「嫂子不是那種人！」

這個時候，一直愣愣地看着眾人的維歡衝口而出。

大姑媽哼笑一聲，用眼尾狠狠的瞪了她一眼。

維歡早已按捺不住躁動的心了，她深吸一口氣再說：

「嫂子生是林家的人死是林家的鬼呀，樹高千丈，葉落歸根，怎麼能把她趕走呢？」

老爺勃然大怒，喝道：「呸！把她留下來，我怎麼向人交代？」

「阿爸，你們能這樣狠心嗎？」維歡像要哭出來的樣子，心裏遲疑着，然後又說，「嫂子可是無辜的呀！」

「無辜？她分明去找野男人了！」大姑媽向她瞪白眼道。

維歡內心掙扎了一會兒，她不能眼睜睜看着善芳走向痛苦的深淵而不作為呀，於是便把真相和盤托出：

「嫂子是給強姦成孕的！」

空氣一下子凝住了。

「哥哥是去替她出氣而給洋鬼子打死的！」

維歡接着又說，語氣變得激動。

各人都愣了一下，瞪大眼睛，豎起耳朵，深恐聽漏一個字眼。

事到如今，維歡不能再作任何隱瞞了。屋裏的人都在搖頭嘆息，一時說不出半句話來。維歡還是努力地替善芳辯護着：

「誰也不想發生這種事情的，這大半年來，嫂子已經受了好多的苦、好多的委屈，她一直在責備自己，內心一直很不安樂很不好受，她嫁進來就是我們一家人了，這個時候把她趕走不是要逼死她嗎？」

說着說着，自己的眼淚已流下來了。

「再說，這頭家的活是誰幹的？一個人要做幾個人的活，既沒三顆頭，也無六隻手臂，她有半句怨言嗎？」

老爺的胸口一起一伏，無言以對。

大姑媽忽然哼笑了一聲，直搖頭道：

「紅顏禍水呀！紅顏禍水呀！我們林家做了什麼錯事，竟然招來這種罪孽?! 這事情千萬不能傳開去，你們說，我們該怎麼辦？」

眾人開始連罵洋人混帳！但是罵歸罵，問題還總要解決。最後，老爺合上了目，沉聲説道：「總之，我們林家是不會收留那雜種的！」

「把那雜種送回去吧！」

「洋鬼子會認帳嗎？」

「總要找他們算帳呀！告上衙門吧！」

「對！告上衙門，把罪魁禍首揪出來！」

眾人又在七嘴八舌，吵過不停。

「哼！」老爺突然提高聲調，火上心頭，「還不夠丟臉嗎？還要把事情弄大不成？」

「嗚嗚——」奶奶用手捂着臉哭着説，「你們別再吵吵鬧鬧了，趁事情還未鬧大，盡快想個辦法把它解決吧。」

「事到如今，只有一個辦法。」大姑媽的臉色突然陰沉下來。

眾人的視線落在她的身上。她乾咳了一聲，辭嚴義正地説：

「這樣一個雜種，活着也是一種罪。」

「大姐——？」奶奶的聲音抖了。

「長痛不如短痛，」大姑媽接着説下去，「這孩子以後的日子也不會好過，人家一定會看不起他，他甚至會怨恨你們，怨恨你們將他帶到這個世界。你們想想，他身體裏流着洋鬼子的血，長大以後也未必會認你們的呀。」

大姑媽頓了頓，閉着眼，搖了搖頭，深深地吐了一口氣又説：

「這對善芳來説未嘗不是一件好事，她日後拖着個無父無姓的野種，誰要她？才二十歲，還有好長的半輩子，難道要守住這個小孽障？」

老爺臉色一沉，視線微微向下移，一聲不吭，面色沉靜，眼光卻透着絲絲波瀾，按在茶几上的指頭仍在顫動。

大姑媽壓低嗓子説：

「有人來問，就説娃兒夭折了。」

氣氛一下子又沉靜下來。

「二弟，你是一家之主，你——」

老爺隨即冷哼一聲，說道：

「大年初一商量這種事情，成何體統？呸！呸！呸！總之，這事情要盡快解決，家醜不可外揚！」

沒有人敢多說半句話，大家都嗅着了空氣中的殺氣。維歡卻氣急敗壞地追問：「大姑媽，您老人家的意思是——」

「難道要把話說穿嗎？」大姑媽大聲回答道。

「這樣——」維歡還想追問下去，卻被老爺一口打斷了：「識大體的話，就大事化小，小事化了，不能為了一個雜種，毀了我們林家的聲譽！」

維歡張口結舌的呆在那裏。

客廳裏的空氣驟地沉甸起來。正當每個人都顯得有點局促不安，一道宏亮的嬰啼衝破了沉寂。

只見那邊善芳手抱嬰兒，緩慢地從暗影中走了出來。

眾人用駭異的眼光望着善芳，彷彿她是個怪

物。所有人的眼睛裏看來都沒有悲憫，除了維歡，紅着眼睛，欲言又止。

善芳走前一步，卻與眾人保持着一個距離。她本能地搖晃着身子，嬰兒的哭聲慢慢地止住了。

善芳遲疑了片刻，木無表情，聲音沉冷地説：

「你們的話，我全聽見了。」

「好了！」大姑媽板起臉説道，「既然妳都聽到了，那麼妳自己説吧，妳到底做了些什麼對不起維喜、對不起我們林家列祖列宗的醜事!?」

只見善芳臉色蒼白，眼皮浮腫，嘴皮動了幾下，冷哼一聲，説：

「你們怎麼看我，那是你們的事情，我從來沒做過對不起維喜的事，也沒有做過對不起這個家的事。」

大姑媽搖了搖頭，又翻了一個白眼。

善芳吁了一口氣，説：

「這事情，你們不用操心的，我來處理。」

説罷漠然無神地轉身，走進黑暗之中。

二十九　命懸一線

一彎殘月掛在樹梢，寒風呼呼的吹着，巷子裏幾頭野狗叫得人好心慌。

月色下的觀音廟，破落了，顯得有點淒涼。

廟內黯淡無光，只有蠟台上幾支紅燭燃着，燭火被捲進來的風吹亂了，搖曳不已，欲滅不滅。殿上的觀音菩薩依然微睜雙眼，目視遠方，但在忽明忽暗的燭光映照之下，顯得有點詭秘莫測，難以捉摸。

善芳無力地跪在地上，把嬰兒放下，不哭、不笑，蓬頭散髮，一臉慘白，直起兩隻眼睛，凝滯無光，整個人像是一根死木頭，簡直脫了形。她感到呼吸困難，甚至以為自己將不久於人世，不過這樣

一來也正好結束了一切人間的絕望與不幸。

「為什麼？為什麼所有的苦難與災禍就單單纏上我和我可憐的丈夫呢？!」

她口中喃喃地訴着苦悲，她甚至聽到自己內心那瘋了一樣的咆哮：

「全村除了我們，還有哪家是像我們這樣拚命幹活，我們可是對得住天地良心啊！爹娘去世後，我就孤零零的一個人，去年遇上維喜，我真以為總算交了好運，好日子要來了，可是到頭來呢？維喜呀！你為什麼把我丟下，你叫我怎樣生活下去！嗚嗚——這還不算完，老天好像嫌我受的苦還不夠，竟讓我生了這個小畜生，要我在全村顏面掃地！哎，我要是死了多好！該多好呀！」

廟外風聲嘯嘯。

善芳再也壓抑不住悲憤，失聲痛哭起來。她不斷抽泣，直到痛苦將她完全淹沒。過了不知多久，她又重拾力氣，虛弱地站起，表情漠然，對着觀音聖像喃喃自說：

「大慈大悲的觀音大士，這是你對我的懲罰嗎？我究竟做錯了什麼，你要這樣懲罰我？為什麼！？為什麼！？為什麼對我這麼殘忍！？」

何來的憤恨、羞辱，讓她心裏突然起了一個邪惡的念頭。她的瞳孔突然放大了，鼻孔漲大了，一頭散髮，臉容猙獰扭曲，這下像極了陰氣十足的兇鬼，噓噓地吐着氣：

「觀音大士，我現在就要在您面前把這妖孽捏死！」然後深吸一氣，把地上的嬰兒抱起，高舉過頭，眼睛兇光閃閃，充滿了怨毒。

突然，一陣強風把廟門吹開，一團黑影掠過，伴隨着咿咿呀呀的叫聲，一隻大鳥闖了進來，在狹隘的廟裏繞圈飛舞，繞了不知多少個圈，最後落在觀音的頭冠上，拍了拍翅膀，一臉高傲地站着不動。

小傢伙被吵醒了，哭得一聲緊似一聲，上氣不接下氣的，這樣下去就要把嗓子給哭壞了。

善芳的心中突然就像有一根細微的針扎過，尖銳的疼。她定一定神，把哭鬧不止的孩子抱進懷中，輕聲地哄。那小傢伙好像是熟悉母親的氣息和心跳，窩在善芳懷裏，沒多久就止住了哭聲。善芳凝望着懷中的骨肉，小娃仔張一張眼，露出純潔無瑕的笑容，胖嘟嘟的像個粉團，藍色的眼珠在燭光的映照下像寶石般閃耀着光芒。

善芳緊緊地抱着兒子，哭着説道：

「娘就是下不了手！娘就是下不了手！」

即便這雜種出生便被認定是妖孽，但在她的眼中，這是她十月懷胎，一朝分娩的親生骨肉，她又怎麼能眼睜睜的看着自己的孩子死去，她又怎麼能把自己的骨肉給活生生的殺死！

這個時候，那隻大鳥呱呱地叫了一聲，然後拍動雙翼，向着門外飛走了。

風緊了，一陣捲來，像刀割一般，善芳覺得臉頰上頓時裂開似的，非常痛楚，心裏的恨意，全被冷風吹掉了。一陣淪肌浹骨的寒氣，從頭頂灌了進去，冷得她的牙齒開始發抖起來。她靠到牆角坐下，像一頭飽受野犬摧殘的小雞，無助地哀鳴着。這個時候，她從口袋裏拿出一瓶小香油，打開瓶蓋，深深地聞了幾下，又把香油塗在額角上。她緩緩地吐出一口氣，嘴角微微的上翹。

小傢伙又鬧彆扭了，善芳扯高了衣衫，用奶汁哺育着孩子。這時，一根雪白的羽毛飄降下來，剛巧落在娃兒的脖子上。善芳赫然發現，娃兒的脖子上竟長有一塊胎記，活像一顆逗人的小紅心。善芳定睛再看，一下子駭住了，眼淚隨即奪眶而出，搖頭不止。

片刻以後，她疲倦地閉上眼睛，朦朦朧朧竟睡

了過去。忽而她看見她的爹抽大煙時的迷離相，忽而又看見她的娘臨終時給她脫下的蓮花金簪，忽而又看見自己那兩隻斑斑纍纍的乳房，忽而又看見維喜童稚般的笑顏，幾滴熱淚從眼角滾了出來。

三十　自強不息

第二天早上，善芳不知所終。

春去夏來。

突然，轟隆一聲巨響，遠方的炮聲響了，一炮一炮之間，夏晨的銀霧漸漸散開，岸上的村民都向海上望去。

「開仗了！開仗了！」

在距離香港九十英里遠的廣州海面上，清水軍號劇烈地震顫一下，頓時濃煙滾滾、火光沖天，整個軍艦變成一個火球，一股股硝煙升騰起來。

一場戰爭爆發了。

誰都不敢相信，千百年來的潮起潮落，改朝換代，這裏從來都是個與世無爭的小島，如今卻因為一個寂寂無名的村民給活活打死，而觸發了一場世紀大戰。如今，我們已無從考證，從何年何月開始，島上升起第一縷嫋嫋炊煙；更無從考證，第一個在島上結寮而居，刳木為舟，揚帆出海的人姓甚名誰。甚至，連這美麗小島最初的名字，我們也已茫然無知了。如今，卻因一個叫林維喜的村民，把小島的命運給徹底改變了。

然而，畢竟是開仗了。

林家外的小徑兩旁，一球堆着一球，一片捲起一片，所有的杜鵑全都爆放開了，好像一腔按捺不住的鮮血，猛地噴了出來，灑得一地斑斑點點，血紅血紅。村裏人從沒見過杜鵑開得那樣憤怒、那樣狂傲。

小孩興奮忘形地踢着毽子，大家看來都是小心翼翼，生怕踐踏到那片杜鵑花地。村童心裏明白，要是他們不慎地把花兒給踩蹋了，樹上那隻亮白的大鳥準會俯衝下來往他們的身上狠狠地啄。

林家如何保密，善芳生了一個藍眼娃兒的消息還是傳開去了。村子原本就不大，流言沒過幾天便

傳遍了街頭巷尾，且愈傳愈離譜，說得有板有眼，彷彿就像親自看見了。說善芳不要臉，四處勾引男人，水性楊花，紅杏出牆，語氣有多詆譭就有多詆譭。多年以後，人們仍在議論紛紛，有人說，善芳不堪受辱，抱着兒子含着極大的怨恨投海自盡了；有人說，善芳把兒子放在英人的普濟院前，頭也不回地走去了；也有人說見過彷彿是善芳的蹤影，不過已是一個語無倫次的瘋婦人，在維多利亞城裏的街頭巷尾行乞度日，可憐兮兮；也有人說，在大嶼山的一處庵堂裏見過一個尼姑，乍一看跟善芳很像，看來已是洗盡鉛華，每天誦經念佛，心靜如水。至於這些閒話孰真孰假，那已是無從稽考了。

冬去春又來。

天是道光二十一年正月初四。[14]

西北風刀子似的颳過岸上的村子，村子裏的柳枝無力地吱吱作響。人人都穿着厚厚的大衣，圍着厚厚的圍巾，把整個人都包裹得嚴嚴實實的，生怕有一丁點的風吹進來。

維歡緊抱着嬰孩，放目遠方，周遭的寒風吹得她髮絲凌亂，一呼一吸之間，隱約有白氣飄出。亞三急忙上前，溫柔地在她的身上搭了一件厚厚的斗篷。維歡看來清瘦了，亞三的臉頰卻長出肥肉來，他一手搭着維歡的肩，一手摟着她的腰。兩人望着

[14] 即公元 1841 年 1 月 26 日。

胖嘟嘟的娃兒，一家三口，其樂融融。

亞三逗着兒子説：

「寶寶啊，你知道媽媽多愛你啊。」

維歡笑了笑，對懷中的兒子説道：

「寶寶記住啊，做人要自強不息，才不會讓人家欺負。你長大以後要做一個老老實實，乾乾淨淨的人。老老實實讓你站得住，乾乾淨淨讓你守得住。一句話，做人要心安理得，無愧於己，無悔於人。」

亞三一下子愰住了，淚水控制不住的流出眼眶。

「爸爸幹嘛？爸爸幹嘛哭了？」維歡奇怪地問道。亞三熱淚盈眶，從身後緊緊地抱住妻兒，聲音哽咽地説道：「我愛妳！我好愛妳！」

隆隆的號角聲響起，海面傳來幾聲嗚炮。經過一萬九千多公里的長征，英國皇家遠東艦隊支隊終於抵達香港島西北面。尖沙嘴的村民不懼寒風，紛紛走到海灘上，伸長脖子望向對岸。

一隊浩浩蕩蕩的軍人登陸西環水坑口，個個荷

槍實彈，沿着小路，登上一座小山崗。

作為先頭部隊的英國皇家海軍軍官愛德華・卑路乍領着他的船隊官兵向天空大喊了三次：

「天佑吾皇！」

「天佑吾皇！」

「天佑吾皇！」

與此同時，海面鳴炮，一面米字旗就在小島上傲慢地升起，在瀰漫着海腥味的空氣中肆意飄揚。

緣起

翻看香港歷史，「林維喜」這個名字盤旋腦中，久久不散。不但久久不散，而且感覺愈來愈強烈，直到有一天，決定要為他寫個故事。

歷史對他的記載不多，我們所知道的，大概就是他本是尖沙嘴村的一名村民，但他的死卻觸發了第一次鴉片戰爭，一場把香港割讓給英國的中英世紀大戰。

他是怎樣死的呢？歷史對此記載也不多，我們所知道的，大概就是他在尖沙嘴與一名上岸酗酒鬧事的英國水手發生衝突，然後被對方當場用木棍打死。

到底林維喜是個什麼人？他幾歲？他有家室嗎？有沒有兄弟姐妹？打什麼工？感情生活如何？他為何會與上岸的洋人發生毆鬥，最後更被活生生打死？

問題愈想愈多。

那個殺人兇手又是個什麼人？他幾歲？來香港幹嘛？為何上岸？為何醉酒鬧事？鬧的是什麼事？最後，他為何殺人？殺人動機是什麼？殺人可不是一件小事，不是說殺就殺，而且還是在別人的國家！說到底，這宗在中國近代史上稱之為「林維喜案」的兇殺事件，是否純粹只屬一宗醉酒行兇案

件，還是另有內情，案中有案？

這個世間，沒有任何事情是會無緣無故地發生的，凡事都有因果。我們也許無法從表象看出真相，但隱藏在事情背後的，還是千絲萬縷、難分難解的因果關係。在研究刑法上的因果關係時，必須認清哪些是造成行兇結果的原因，哪些是促成行兇結果的條件？林維喜是被殺的，根據當時的驗屍結果，他是由木棍重擊胸部致命的。究竟當天發生了些什麼事情？事發前林維喜和那名殺人兇手分別做過些什麼？去過哪裏？見過什麼人？兩人相遇時為何會發生衝突？當時他們處於一種怎樣的精神狀態？放大一點來看，當時的社會環境如何？中英關係又是如何？兇殺案為何會在那一天那一個地點發生？為何會是林維喜而不是別人？

問題愈想愈多，卻不能在歷史文獻中找出答案。

唯有重組案情。

唯有翻案，翻一件發生在本港一百八十多年前的懸案。為何叫懸案？因為懸而未答的問題多的是，但始終年代久遠，不得其解，只能從蛛絲馬迹着手，抽絲剝繭。

那是清道光十九年的一個夏天。

作為土生土長的香港人，更想要知道的是，百多年前的香港到底是個怎樣的地方？那時候的香港人在做些什麼？住在哪裏？生活如何？香港在整個中國版圖裏的地位如何？英國人從什麼時候開始來到香港？他們如何看香港？當時的香港居民又如何看待這些「紅鬚綠眼」的「鬼佬」？在九龍山海戰和官涌之戰這兩場因林維喜之死而引發的戰役中，香港又扮演着什麼角色？

問題又是愈想愈多。

畢竟，這件命案徹底扭轉了香港的命運，也標誌着近代中國屈辱史的開端。在那個年代，香港充其量只不過是個小小的漁港，一個與世無爭的小島，但林維喜之死卻讓它搖身一變成為中英雙方政治與經濟角力的戰場。這麼一個「舉足輕重」的「小人物」，林維喜似乎被史學家忽略了，也被我們後世人逐漸遺忘了。林維喜的故事，是每個香港人都應該知道的故事。

可以說，這是一個歷史故事，因為內容是根據史實而寫的，林維喜、劉亞三、林則徐、鄧廷楨、關天培、義律、馬禮遜等這些人物都是有名有姓，故事情節也是有根有據。為了重組案情，文獻追蹤少不免，故事中有些說話是當事人親自說過的，例如林則徐就鴉片貿易所抒發的一番見解，又例如在英國商人之間流傳的一句話：「茶葉就是上帝，在

它面前其他東西都可以犧牲！（Tea was, in fact, the god to which everything else was sacrificed.）」創作過程中做了不少資料蒐集，為的是深入地了解林維喜命案的來龍去脈，前因後果。

也可以說，這並不是一個歷史故事，正正因為史料記載不多，所以想像空間就大了。林維喜、劉亞三、林則徐、義律等固然是真有其名，但善芳、維歡、老爺、奶奶、大姑媽等卻是虛構出來的人物，或者說，他們是在案情重組時自自然然地走出來的死者家屬，以不同的角度給我們闡述當時到底發生了一件什麼事情。

特別是趙善芳這個人物，貫穿整個故事，至為關鍵。男人打架，不是為了金錢權力就是為了女人。坊間記載林維喜的故事不多，每當談到他與英人爭執所為何事，大多說因其妻子先遭英人調戲。英人上岸找女人，此觀點早有學者提出，如本地史學家林啟彥與朱益宜於其著作《鴉片戰爭的再認識》中便有此記述：「鴉片戰爭前數年，英國武裝商船，經常停泊尖沙嘴洋面……船上人員需要糧水接濟，也需要登陸休息作樂。尖沙嘴地方僻靜，遠離官府視聽，而且港灣風平浪靜，九龍半島東岸有美麗的沙灘，靠岸又有漁村，正是船上人員登陸休息、補充糧水，甚至尋歡作樂的好地方……。英國學者 Susanna Hoe 和 Derek Roebuck 參考義律家族所保存的家書及英國官方有關鴉片戰爭的文獻，

撰成《佔領香港：查理士及克拉那義律在中國水域》（*The Taking of Hong Kong, Charles and Clara Elliot in China Waters*）一書，提及英船在香港水域停靠，不但補充糧食，而且在這地方飲酒及找女人（英語原文：Not only were fresh provisions bought for the ships from the farmers and villagers of Kowloon, but sailors went there, too to drink and find women）。可見已潛伏了衝突的因子。」

因此，趙善芳是伴隨着林維喜一起浮現出來的，從一個模糊的輪廓演變成一個清晰的形象。漸漸地，她有了自己的生命，我的角色反而變得被動，只是默默地旁觀，把一切浮現在腦海的情景如是我聞般描繪出來。如果歷史真有善芳其人，也許就是她回來向我報夢，要我為她伸冤，為維喜討回一個公道。

當然了，本故事純屬虛構，如有雷同，實屬巧合。

史料中記載義律為了掩飾真相而收買村民劉亞三，並指使他給予死者家屬一千五百銀元，換取隱瞞林維喜的死因。這是林維喜案中的重要細節，但當中的過程如何？劉亞三是個什麼人？他和林維喜是什麼關係？義律如何收買他？他又為何接受了義律的條件？史料中又記載林維喜之子林伏超收下了一千五百銀元的撫恤金而立下字據，證明林維喜

是死於意外，與洋人無關。這個林伏超又是個什麼人？為何會接受賄款，讓父親含冤而死？這也是林維喜案中的一個重要線索，但歷史不會告訴我們真相了，這使得重組案情時障礙重重。

故事把林伏超這個角色改作是林維喜的父親，那是因為在我心裏奏起的，除了是一陣含冤待雪的哭聲，還是一段小人物的愛情戀曲，以及一闕大時代的雄渾悲歌。

大時代的風雲變幻，擾亂了十年如一日的韻律與節奏，打破了原本一成不變的作息循環，同時也造就了許多小人物式的悲歡與浮沉。這些小人物的故事，一方面被烙上了那個大時代的悲壯與無奈，另一方面卻保留着專屬於小人物本身的人性與溫情；它們頗為可惜地往往不為歷史所記錄，卻也因禍得福地保留着超越時空的真摯感情，閃耀着超越歷史的人性光芒。

大江東去，浪淘盡，千古風流人物。有關林則徐或義律這些重要歷史人物的故事我們聽得多了，但是生活在大時代夾縫裏的尋常百姓，往往卻被人遺忘。白駒過隙，眾生往往復復，熙熙攘攘，歷史自然不可能為每一個人都留下紀錄。然而，當小人物遇上大時代，這種紀錄就會變得很有意義。

俄國大文豪托爾斯泰對俄法戰爭的細節瞭若指

掌，但他為何要借《戰爭與和平》去記錄那段痛苦的日子，而不直接寫出自己對歷史的看法呢？這是因為他不太相信所謂的「歷史真相」。歷史，在他眼中，並不完全是由政客去創造或由歷史學家所記錄下來的；歷史，是每一個活在當中的人的集體互動，是由他們以不同角度、身分、信仰、視野、感情生活、個人際遇等各自呈現、由多種原因共同作用的結果。

有人說，歷史是真的，小說是假的。但也有人說，歷史除了人物姓名是真的，其他都是假的；小說除了人物姓名是假的，其他都是真的。歷史記事，小說記情，歷史與文學，孰真孰假？故國神遊，多情應笑我，早生華髮。人間如夢，一尊還酹江月。

最後，作為寫小說的新手，本人必須向幾位文壇前輩致以最高的敬意，特別是張愛玲、白先勇、陳舜臣三位文壇巨匠，他們的小說都是巧奪天工之巨作。本故事引用了他們一些字句，移花接木，叨光叨光，以補不逮，在此謹表萬分謝意。本書得以順利出版，還有賴明報出版社總經理蘇惠良先生的鼎力支持，還有他的專業團隊，包括周詩韵、陳珈悠、彭月、戴曉程、簡雋盈、盛達等人的努力付出，特此致以衷心的謝意。

演然
庚子初夏於尖沙嘴

煙硝之始

林維喜兇殺案

作　　者：演然
責任編輯：陳珈悠
協　　力：彭月　戴曉程
美術設計：簡雋盈
內頁排版：盛達
出　　版：明窗出版社
發　　行：明報出版社有限公司
　　　　　香港柴灣嘉業街 18 號
　　　　　明報工業中心 A 座 15 樓
電　　話：2595 3215
傳　　真：2898 2646
網　　址：https://books.mingpao.com
電子郵箱：mpp@mingpao.com
版　　次：二〇二〇年六月初版
ＩＳＢＮ：978-988-8526-93-2
承　　印：美雅印刷製本有限公司